小学館文庫

鴨川食堂ひっこし

柏井 壽

小学館

目次

鴨川食堂ひっこし

第一話　紅白餅

1

七月を待たずに梅雨が明けた。

京都に生まれ育って七十五年になる上田卓三《うえだたくぞう》は、記憶をさかのぼってみたが、六月中に梅雨明けした憶《おぼ》えはない。

京都の七月は祇園祭《ぎおんまつり》一色に染まり、そのさなかに梅雨が明けるのが通例だ。

観光としての祇園祭のハイライトである、山鉾《やまほこ》巡行が行われる十七日、その前日の宵山《よいやま》になってもまだ梅雨が明けず、祭りの関係者をやきもきさせる年も少なくない。

これもまた地球温暖化の一端なのだろうか。

容赦なく照りつける太陽をにらみつけるように、上田が夏空を見上げた。

「まだあんた六月でっせ。この暑さはどないなってるんやろ。そんなスーツ着てはったら熱中症になりますで」

ベージュの麻のジャケットを着た上田は、隣を歩く鳥井信二《とりいしんじ》のスーツ姿に顔をしかめた。

「仕事がら慣れっこになってますからね。これでも下着やシャツなんかは夏用にして工夫はしているんですよ」

鳥井は顔色ひとつ変えず、涼しい顔をして速足で歩いている。

「もうちょっと日陰を歩きはったらどうですのん。こっちが心配になりますわ」

照りつける陽射しを扇子《せんす》でさえぎり、上田は日陰を探して歩く。

「こちらでしたね」

鳥井がしもた屋の前で立ちどまり、ネクタイの結び目をたしかめた。

「ここですけど。なんや気が進みまへんな」

脂ぎった顔を扇子で扇《あお》ぎながら、上田は夏空を見上げた。

「上田さんは貸主としての告知さえしていただければ大丈夫です。あとはわたしが話を進めますから」

鳥井が上田の肩を二度ほどたたいた。

「鴨川《かもがわ》はん、やはりまっか？　大家《おおや》の上田です」

上田がためらいながら引き戸を開けて声を掛けた。

「居《お》りまっせ。こない暑いと外に出る気がしまへんさかいな。上田はんがご用てなんですんや。家賃はちゃんと口座から落ちとると思いまっけど」

作務衣《さむえ》姿の鴨川流《ながれ》が奥から出てきた。

「ちょっと今日はだいじな話があって来ましたんや。なかへ入らしてもろてもよろしいやろか」

上田は玄関の外からなかを覗《のぞ》きこんだ。

「そちらはんは？」

流が鳥井を横目で見た。

「申し遅れました。わたくし新京都中央開発の鳥井と申します」

鳥井が名刺を差しだした。

「まぁ、暑いさかいなかへ入っとぉくれやす」

受け取った流は和帽子をかぶり直し、ふたりを店に招き入れた。

「失礼します」

上田に続いて鳥井が敷居をまたいだ。

「よう冷房が効いて天国やなぁ」

上田は白いハンカチで首筋の汗をぬぐうが、どこか落ち着かない様子だ。

「うちみたいなとこになんのご用ですんやろ」

流はふたりにパイプ椅子を奨《すす》めながら、単刀直入に訊《き》いた。

「京都人というのは、こういうときは遠回しに言うんやろけど、わしはせっかちやさかいはっきり言わせてもらうで。この辺り一帯が再開発されることになってな、鴨川はんには申しわけないんやが立ち退《の》いて欲しいんや」

パイプ椅子に腰かけるなり、上田が一気に語った。

「えらい突然の話ですな」

流が憮然《ぶぜん》とした表情で言葉を返した。

「以前からこの話はあったのですが、自治体さんの意向もありまして、急ぐことになりました。当方としましては今年いっぱいで立ち退いていただきたいのですが、ご無理でしたら来年三月までお待ちできます。もちろん契約書どおりの立ち退き料は、きちんとお支払いさせていただきます」

鳥井がしごく事務的に言葉を並べた。

「嫌やて言うたらどないなりますねん」

流がふたりの目を交互に見ると、上田は視線をそらした。

「契約書に基づいてのことですから、しかるべき法的措置を取らせていただくことになるかと」

「裁判になるっちゅうことですか？」

「そういうことです」

鳥井がさらりと答えた。

「娘にも相談せんならんし、返事はしばらく待ってもらえまっか？」

「もちろんでございます。ごゆっくりお考えいただければけっこうです。余計なお世話かもしれませんが、お店を移転されるようでしたら、当社のほうで責任を持って物件を探させていただきます」

鳥井が流に笑顔を向けた。

「再開発て言わはりましたけど、ここらはどないなるんです？」

「富裕層向けの高級ホテルを建築する予定となっております」

「ホテルてこの辺によろけありますがな。まだ建てるんでっか」

「コロナがおさまってインバウンドが戻ってきたら、ホテルが足らんようになるんやて。特にアジアやら中東の金持ちが泊まる、ええとこが少ないんやそうな」

上田が話を引き継いだ。

「わしらには縁のない話やな」

流が鼻で笑う。

「ひとつお話を追加しておきますと、もしも鴨川さまが、跡地に建つホテルで飲食業をされたいというご希望があれば、わたくしが間に入って交渉させていただきますので、そちらの案もご検討ください」

鳥井が言うと、流は声を上げて笑った。

「悪い冗談でっせ。ごらんのとおりの食堂が、富裕層向けの高級ホテルに入れるわけおへんがな」

「鴨川さまにはお嬢さまがおられるとお聞きしております。若いお嬢さまでしたら、そういうお店も手掛けてみたいと思われるのではないでしょうか」

「いちおう本人に訊いてみまっけど」

流がせせら笑った。

「忙しいとこすまなんだな。ま、そういうこっちゃさかい、よろしゅう頼むわ」

上田は早く退散しようとばかりに腰を浮かし、鳥井に目くばせした。

「それではどうぞよろしくお願いいたします」

うながされて鳥井もすぐに立ちあがった。

「お願いされてもなぁ。選択肢も限られとるし」

流は苦笑いしながら二人を見送った。

パイプ椅子に腰かけた流は、小さなため息をひとつついた。

考えるまでもなく、妻掬子《きくこ》を亡くして以来の一大事なのだが、不思議と大きな衝撃は受けていない。

心の片隅にいつかこんなときが来るかもしれないという思いがあったせいだろう。

流にとって最大の気がかりはこいしだ。

すんなり立ち退きに応じるようには思えないが、かと言って鳥井の提案を受けるようにも思えない。選択肢はさほど多くない。

転機という言葉が頭に浮かんだ。

掬子を亡くしてから、食堂と探偵事務所というふたつの仕事を、こいしと二人三脚でこなしてきた。

未来永劫《えいごう》続くものだとは、ふたりとも思っていないし、いつか幕をおろす日が来るとは思っていても、そのどちらかが先に閉じ、どちらかがあとになるだろうと予測していた。

こんな形でふたつともを閉じることになるかもしれないとは、思ってもいなかった。

ふたりが出ていってほどなく、こいしの声が店のなかに響いた。

「ただいまぁ。暑ぅて死にそうやわ」

入ってくるなり、こいしは倒れ込むようにしてパイプ椅子に腰かけた。

「たいそうなやっちゃ。まだ六月やないか。そんなこと言うとったら盆まで持たんで」

「クーラーが効いてるとこに居るさかい、そんなのんきなこと言えるんや。外を五分ほどでも歩いてきてみ？　うちがたいそうかどうか分かるし」

赤い顔をしたこいしは畳んだ新聞で顔を扇いでいる。

「団扇《うちわ》を出しとかんとあかんな」

流が神棚の下の物入れを開けた。

「誰か来てはったん？」

こいしがパイプ椅子の乱れに気付いた。

「あ、ああ。大家の上田はんや」

流は金魚と花火を染めた団扇を取りだした。

「上田さんがなんの用で来はったん？」

こいしは冷蔵庫からポットを出し、ふたつのコップに麦茶を注《つ》いだ。

「ちょっと面倒くさい話や」

流はどこまで話すべきか迷った。

「立ち退きの話？」

こいしが麦茶の入ったコップを流の前に置いた。

「なんで知ってるんや？」

流は目を白黒させる。

「今年の春ごろから、あっちこっちから噂《うわさ》が聞こえてきてたで。この辺に高級ホテルができるらしいて」

こいしは麦茶を飲みほして注ぎ足す。

「そやったんかいな。それやったらわしにも言うてくれんと」

流はコップ半分ほどの麦茶を飲んだ。

「いろんな噂が流れてたし、どこまでほんまか分からへんかったし。お父ちゃんの耳にも届いてると思うてたわ。やっぱりほんまやったんやね」

こいしが肩を落とした。

「知らんかったんはわしだけか。あほくさ」

流が肩をすくめた。

「で、どう返事したん?」

「すぐに返事できるわけないやろが。まずはおまえの気持ちも聞かんならんし」

「て言うても、あらがうだけ無駄なんやろ? たぶん賃貸契約したときに、そういう決まりがあったんやと思うえ。噂を聞いたとき、すぐに家探《やさが》ししたんやけど、契約書とかは見つからへんかった」

「あのときはバタバタしとったさかいな。契約書てなもん、ちゃんと読んどらなんだ。残っとったとしても、役に立たんやろ。多少の時間稼ぎはできるとしても、近所がみな立ち退かはったら居心地悪いしな」

流がコップを差しだすと、こいしがポットの麦茶を注ぎ足した。

「どないする?」

こいしが直球を投げた。

「こいしはどう思うんや？」

流が投げ返した。

「移転するしかないんと違うかな」

「移転てどこへや？」

「これから探すしかないやん」

「ようけ金要るやろなぁ」

「賃貸とかやったらたいしたことないやろ」

「食堂の設備作るのに金かかるがな」

「どっかの食堂の空き店舗を、居抜きで借りたらええんと違う？」

「そんなうまいこといかんやろ。今ふうのレストランとかやったらあるかもしれんけど、こんなむかしながらの食堂はめったにないで」

「ほな、どうするんよ」

こいしが口を尖《とが》らせた。

しばらくふたりのキャッチボールが続いたが、流はゆるいボールを返した。

「いっそここらで店じまいしてもええんとちがうか」

「お父ちゃん、本気で言うてるん？」

　こいしが茫然《ぼうぜん》とした顔で訊いた。

「長いこと料理作ってきて、ちょっと疲れた」

　流が深いため息をついた。

「ちょっとびっくりやな。お父ちゃんの口からそんな言葉を聞くとは思うてもみいひんかった」

　こいしの瞳が薄《うっす》らと涙でにじんでいる。

「ええ機会やさかい、こんなしがない食堂やのうて、もうちょっと洒落《しゃれ》た店にして、こいしが主人になったらどないや」

「うちが主人？　ようそんな無茶ぶりするわ。ほとんど料理なんかできひんこと知ってるくせに」

「わしが教えたるがな。それか誰か雇うたらどうや」

「そんな適当なこと言わんといて。真剣に考えてるんか？」

　こいしが涙目で流をにらみつけた。

「まじめに考えとるさかい言うとるんやがな。世代交代っちゅう言葉もある。わしはこれから、のんびり探偵業だけやっていけたらええと思うとる」

「そうか、探偵は続けるんや」

こいしがホッとしたような顔で言った。

「これは天職みたいなもんやさかいな」

「料理人は天職と違うん？」

こいしが眉を吊り上げた。

「そやな。職ていうより趣味みたいなもんや」

「趣味でお客さんからお金もろてたんか」

こいしが突き放した。

「今日はえらいキツう当たるやないか」

「せやかてうちらの命運を決める、だいじな話やのに、適当にしか考えてへんみたいやもん」

「そんなことあらへん。急な話やさかいちょっと混乱しとるだけや」

流がかぶりを振った。

「どんなときでも冷静沈着なお父ちゃんにしては珍しい話やな」

こいしは横目を細めた。

「なんにしても今日明日のことやない。しばらくじっくり考えようやないか」

立ちあがろうとした流の肩をこいしが押さえつけた。

「けど、どうせなら早いこと決めたほうがええやん。宙ぶらりんやと落ち着いて仕事できひんし」

「掬子に似てこいしはほんまにせっかちやな」

苦笑いして流が座りなおした。

「中途半端なんが嫌いなだけや。どうせ立ち退かんならんのやったら、早いことスッキリしたいやん」

「そらまぁそうやけど、店を移すとなるとそない簡単にはいかん。移転するとも決めてへんけどな」

「こんなときお母ちゃんがいてくれてはったらなぁ。バシッとすぐに答え出してくれはったのに」

こいしが暖簾《のれん》のあいだから掬子の写真を覗きこむと、店の戸が開いた。

「こんにちは。お久しぶりです」

がらがらと引き戸を開けて顔を覗かせたのは茶道家で常連客の来栖妙《くるすたえ》だ。

「妙さんやないですか。えらいご無沙汰でしたな」

流が相好《そうごう》を崩して駆け寄った。

「ご無沙汰してすんまへんどした。上《かみ》のほうに居ることが多いさかいに、なかなか来れまへんどしたんや」

浅葱《あさぎ》色の江戸小紋がいかにも涼し気な絽《ろ》の着物を着た妙がパイプ椅子に腰かけた。

「上のほうて？　あの上賀茂《かみがも》の別荘ですか？」

「別荘てな上等やおへん。あばら家やけど、ちょっと手ぇ入れて住めるようにしたんどす。たしかこいしちゃん、いっぺんお茶会に来てくれたなぁ」

「はい。炉開きのときに呼んでもらいました。お茶は慣れへんもんやさかい、足がしびれて立てへんかったことだけ覚えてます」

こいしが苦笑いした。

「『上賀茂神社』の社家《しゃけ》町でしたな。明神川《みょうじんがわ》沿いの由緒ある家ですがな。あそこを住まいになさったんですか」

「コロナでいろいろ変わってしもうて。お稽古もずっと休んでましたし、実入りがおへんさかい、なんぞせんとと思うて古もん屋をやりかけてます」

「古もん屋？　妙さんが？」

こいしが麦茶を出しながら、甲高い声をあげた。

「妙さんやったら、古もんてな安っぽいもんと違《ちご》うて古美術品ですやろ」

「そんなんが売れる時代と違いますやろ。うちが趣味で集めてたガラクタを並べて、お気に召したかたが居はったら買《こ》うてもらお、そう思うて」

妙がコップをかたむけた。

「やっぱり上のほうは涼しいんですか？」

こいしが訊いた。

「お昼間の暑さはそない変わらしまへんけど、夜風はいくぶん涼しいように思います。たぶん気のせいやろけど。冬は格別寒ぉすけどな」

妙が首をすくめた。

「こっちのお家はどないしはるんです？」

流が訊いた。

「ありがたいことに買いたいて言うてくれはる会社がありましてな。なんやしらんホテルを建てはるみたいどっせ」

妙が扇子で扇ぐと白檀《びゃくだん》の香りが漂った。

「ホテル？」

顔を見合わせた流とこいしがどうじに声を上げた。

「なんですの。ふたりそろうて大きな声出して」

妙が吹き出しそうになった麦茶を手で止めた。

「いや、あんまりにもタイミングが合《お》うたんでびっくりしたんですわ」

流がかいつまんで経緯を話した。

「そうどしたんか。けど、ここからうちの辺までて言うたら広大な土地どっせ。そんな大きなホテル建てて立ちゆきますすんやろか」

「いくらなんでも、そない大きいもんと違いますやろ。おそらく妙さんとこと、うちとは別のホテルの話やと思います」

「ここらじゅうホテルだらけになってしまいますがな。上のほうに移っといてよかったわ。ほんで流さんらはどないしはりますの？」

「それを悩んどるとこですねん。この際、廃業してもええかなとも思いますし」

流が言うと、即座に妙が否定した。

「それはあきまへん。流さんはともかく、こいしちゃんはどうしますねんな。これから結婚もして家庭も持たんならんていうのに、店がなくなってしもたらお先真っ暗ですやないか」

「いや、廃業っちゅうのは間違いですな。わしが隠居して、こいしが食堂の主人になる、っちゅう話ですわ。もちろん移転先が見つかったら、のことでっけど」

「移転先て、そんなもんなんぼでもありますがな。空テナントは山ほどあります。ほんで探偵のほうはどないしますのん？」

妙が流に身体《からだ》を向けた。

「料理屋と違うて、探偵業はどこでもできまっさかい続けていこう思うてます」

流が答えた。

「ほんでうちに食堂やれ、て言わはるんですけど、料理はほとんど素人やさかい自信ありません」

唇を尖らせてこいしがうつむいた。

「そしたら料理人を雇うたらええやないの」

「妙さんは簡単に言わはりますけど、どないして探してきたらええのか。仮に見つかったとしてもお給料払わんならんし。テナントの家賃やとか普請のお金とか考えたら、とてもやないけど無理や思います」

こいしが唇をまっすぐに結んだ。

「ところで妙さん。お腹《なか》の具合はどないです？　なんぞ作りまひょか」

流があいだに入った。

「そや。肝心なことを忘れてた。虫養いしてもらお思うて来たんやった。簡単でええさかい作ってもらえますやろか。今日は夕方からお茶会があって、夕食が早ぉすねん。

お昼は食べんとこ思うてますねんけど、夕方までお腹が持つやろかと心配になって。せや、流さんにお願いしよ。そう思うて寄せてもろたんどす」

「承知しました。ちゃっちゃっと作りますさかい、一杯飲んで待っててとぉくれやす」

和帽子をかぶり直して、流は厨房《ちゅうぼう》へ急いだ。

「妙さんは暑いときでも燗《かん》つけるんでしたね」

こいしが一升瓶をカウンターに置いた。

「ぬる燗で頼みます」

妙が扇子で首元を扇いだ。

「引っ越し大変やったでしょ」

こいしはちろりに酒を移した。

「業者はんに頼んださかい楽でしたえ」

妙がさらりと言った。

「あれやこれや考えだしたら、頭が痛いですわ」

「案ずるより産むが易《やす》し、て言いますやろ」

「うちもお相伴してよろしい？」

こいしがふたつの猪口《ちょこ》を掲げた。

「どうぞどうぞ。なんやったら流はんも一緒に」

「そうですね。作戦会議せんならんし」

こいしが三つの猪口に注ぎ分けると、ちろりはすぐ空になった。

「けど、まさか流さんが食堂やめるて言いださはるとは、かけらも思うてまへんでした」

妙が染付の猪口をゆっくりとかたむけた。

「うちもびっくりですわ。探偵は天職やさかい続けるて言わはったんも驚きやし」

猪口を片手に、こいしがちろりを湯に沈めた。

「のちのちのことを考えてやろね。こいしちゃんをひとり立ちさささんと、と思うてはるんと違うかな」

「そない言われても、なんの準備もできてへんしなぁ」

猪口をかたむけながら、こいしが天井を仰いだ。

「どこぞにええ料理人さんが居てはらへんかしら」

妙もおなじように宙に目を遊ばせた。

「お待たせしましたな。わしらもお相伴させてもろてよろしいかいな。三人分盛って来ましたんやが」

流が両手で白磁の大皿を抱えて出てきた。

「さすが父娘《おやこ》や。そのつもりではじめさせてもろてますえ」

妙が流に猪口を見せた。

「こういうとこだけは、わしの血を引いとります」

流がテーブルに大皿を置いた。

「虫養いどころか、えらいごちそうですやないか」

妙が目を輝かせた。

「ざっくり説明しときます。左上は鱧《はも》カツ、梅肉を混ぜたウスターソースにどっぷり浸して食べてください。その右横は鶏《とり》ムネ肉のなめろう仕立て。上の右端はオクラとミョウガの白和《あ》え。その真下は蒸しアワビのミルフィーユ、肝ダレをまぶして召しあがってください。その左は小鮎《こあゆ》の唐揚げです。真ん中の段の左端はカレイのぶつ切り。ポン酢を和えてますさかいそのままでどうぞ。その下は鰻《うま》巻き。上に載ってるのはキャビアです。その右は漬けマグロの山掛け。刻みワサビを混ぜて食べてください。下の段の右端は枝豆のコロッケ。カレー塩を振ってどうぞ。〆《しめ》は素麺《そうめん》を用意しとります。さぁ食べまひょか」

流がこいしの隣に座った。

「こんだけの料理をさっと作れる料理人なんか、ほかには絶対居まへんで。やめてしまうやなんて、ほんまに惜しいこと」

妙が手を合わせてから箸を取った。

「十分の一、いや百分の一もうちにはできひん」

こいしが小さくため息をついた。

「おんなじことせいて言うてるのと違う。ふつうの食堂でええがな」

流が猪口に口をつけた。

「場所はともかくとして、こいしちゃんがふつうの食堂をやって、ほんで流さんは別のとこで探偵をしはるん？」

妙が鱧カツを箸でつまみあげた。

「一から食堂の設備をこしらえて、そこでまた食堂の主人をやるてな気力はもうありまへんわ」

流がちろりを湯から上げて妙の猪口に注いだ。

「気力がなぁ。流さんらしからん言葉やね」

妙が皮肉っぽいまなざしを流に向けた。

「そのお歳《とし》で、っちゅうたら失礼極まりないかもしれまへんけど、これから骨董屋《こっとうや》を開こうっちゅう、妙さんの気力を分けて欲しいですわ」

流が妙に笑みを返した。

「ちっとも失礼じゃないですわよ。この歳だから新しいことをやるんです。残り少ない人生をどれぐらい愉《たの》しめるかて考えたら、当然のことやないですか」

妙が語気を強めた。

「ほんまやわ。そない早いこと隠居してどないするんや、てお母ちゃんも言うてはると思う」

こいしが続いた。

「ふたり掛かりで責められたらかなわんな」

流が苦笑いした。

「そうは言うても流さんの気持ちもよう分かります。こいしちゃんがひとり立ちする、ええチャンスでもあるんやさかい、この際、流さんは探偵業に専念して、もアリやと思うえ」

妙がこいしに目を向けた。

「そうかもしれんと、うちも思わんことはないんやけど、どない考えてもうちひとりで料理を作ってお客さんに出すのは無理ですわ」

こいしが首を横に振った。

「けど、わしが横から手を出したら、元の木阿弥《もくあみ》ですやろ」

妙の視線を感じて、流もおなじように顔を左右に向けた。

「場所とひとと、両方考えんとあかんのですな。それさえ解決したらなんとかなりますか？」

妙がふたりに目を向けると、ふたりは顔を見合わせて、軽くうなずいた。

「悪いようにはしまへん。わたしにまかせとぉくなはれ。なんとか解決してみせます」

妙が胸をたたいた。

「こないなことで妙さんに骨を折ってもらうやなんて、申しわけないこってすけど、よろしゅう頼みます」

神妙な顔つきをして流が頭を下げた。

「お店開きやらでお忙しいしてはるのに、余計なことをお願いしてすんません。頼りにしてます」

こいしが深く腰を折った。

「まだ、なんにもしてへんのやさかい、そない圧を掛けんといとぉくれやす。それにしても、さすが流さん。どれ食べても美味《おい》しぉすなぁ」

肝ダレをまぶしたアワビを食べ、妙が襟元を合わせた。

「お父ちゃんが料理するとこを、すぐ傍《そば》で見てても、真似《まね》できひん。特に変わったことしてはらへんと思うんやけど」

こいしがソースに浸した鱧カツを口に入れた。

「それがプロっちゅうもんやろねぇ。お家元のお点前《てまえ》見てても、こいしちゃんとおんなじこと思います。特別違うようには見えへんけど、わたしらのお点前とはぜんぜん違う。ため息が出るほどきれいなんですわ」

妙が遠い目を宙に浮かべた。

「数を重ねてるさかいと違いますかな。妙さんの点前の数と家元のそれでは、比べもんになりまへんやろ」

流が猪口をかたむけた。

「それだけと違うやろ。持って生まれたもんがあると思うなぁ」

こいしがちろりの酒を流に注いだ。

「こいしちゃん、ちょっと耳貸してくれるか」

妙がこいしに向きなおった。

「なんです？」

こいしは耳のうしろに手のひらを当て、妙の口もとに近づけた。

妙がささやくような小声で話しかけると、こいしはハッとしたような顔をして、わずかに顔を赤らめた。

「三人しかおらへんのに、わしを除《の》けもんにしてふたりで内緒ごとですかいな」

苦笑いして、流はカレー塩を振って、枝豆のコロッケを口に運んだ。

「そんなん無理ですて。ありえへん」

こいしが妙に向けて、手のひらを横に振った。

「せやろか。端《はな》から無理やて言うてたら、なんにも前に進ましまへんで。わたしは妙案やと思うえ」

背筋を伸ばして、妙が猪口を手にした。

「なんや、なんや。なんの話ですねんな。その妙案っちゅうのを、わしには聞かしてもらえまへんのか」

流が不服そうに言った。

「隠しごとするわけやおへんけど、白黒がはっきりするまで流さんには言わんときます」

妙が流にほほ笑みを向けた。

「妙さん、わしが元刑事やていうことを忘れてはりまへんか？　なんとのう分かってまっせ」

流がほほ笑みを返した。

「言わぬが花、て言いますやないか。しばらくは黙って見てておくれやす」

「妙さんにそない言われたら、ひと言も返せまへんわ。あんじょう頼みますとしか言えまへん」

流が両肩をすくめた。

「なんやのん、そんな暗い顔して。こいしちゃんらしいないえ」

妙がこいしの背中をたたいた。

「なんや長いトンネルに入ってしまいそうな気がして」

こいしがうつろな目を猪口に向けた。

「わしらは食を捜すのは得意でっけど、それ以外のもんを捜すのはとんと苦手でして。お先真っ暗、っちゅうやつですわ」

和帽子を取って流が頭をかいた。

「そんなことあらしません。わたしには澄んだ夏の青空が見えてきました」

妙が目を輝かせた。

「もし、さっき妙さんが言うてはったような話になったとしたら、うちは探偵卒業ていうことになるんでしょうね」

こいしが声を落とした。

「そういうことです。探偵は流さんにまかせてしまいなはれ」

妙がきっぱりと言った。

「そや。ずっと捜してる食いもんがあるんや。こいし、捜してくれるか？」

猪口を手にして流が真顔で言った。

「お父ちゃんが見つけられへんもんを、うちが捜せるわけないやん」

こいしが鼻で笑った。

「探偵こいしちゃん最後の仕事になるかもしれへんのでっせ。目いっぱい気張って捜しなはれ」

妙がこいしの背中を強くたたいた。

「妙さんにはかないませんわ」

こいしは顔をしかめ、半笑いした。

「流さん、前から言うてはったあれのことですやろか？」

妙が流に訊いた。

「そうですねん。ずっとあれがここに引っかかっとります」

喉仏を指さして流が答えた。

「妙さんはお父ちゃんが何を捜しているのか、知ってはるんですか？」

こいしが驚いたように高い声を出した。

「こいしちゃんは覚えてへんかなぁ、あの。餡《あん》が入った紅白のお餅のこと」

「紅白のお餅？　記憶にありませんけど」

こいしが首をかしげた。

「不安がりよったらいかんので、あのときのことは、こいしには言わんかったんですわ。里帰りやてごまかしといたんで」

「こいしちゃんが一番多感なときやったさかいなあ」

妙が言葉を足した。

「なんとのう思いだした。いつかお母ちゃんが三日も家空けはる珍しいことがあったなあ」

こいしが焦点の定まらない視線を天井に向けた。

「後にも先にも、掬子が行先も目的も訊かんといて、と言うて旅に出よったんは、あのときだけやった。ほんで土産やて言うて、あの紅白の餅を」

　流は腕組みをしてため息をもらした。

「お餅のことはぜんぜん覚えてへん。気になる話やなぁ。捜してみよか。詳しいこと教えてくれる？」

　こいしが身を乗りだすと、妙が腰を浮かした。

「そうそう。その意気でっせ。わたしはぼちぼち上のほうに戻りますわ。こいしちゃん、お勘定してくれるか」

「何を言うてはります。相談に乗ってもろて、これからいろいろ世話にならんとあきまへんのやから、お代なんかもらえますかいな。わしらも一緒に飲み食いしとるし」

「そうどすか。ほな遠慮なしにご馳走《ちそう》になっときます。こいしちゃん、さっきの話は早いこと進めなはれや。物件探しときますさかい」

　妙がこいしに目くばせした。

「はい、て言わんとあかんのやろけど」

　こいしが言葉を濁した。

「そんな後ろ向きのことで、どないしますのん。神さんが与えてくれはった絶好の機会を逃したらあきまへんで」

妙が背中をたたこうとして、こいしがかわし、空振りになった。

「逃げてどないしますねん」

妙がにらみつけると、こいしはいたずらっぽい笑顔で舌を出した。

2

たいていの場合、こいしは聞き取り役で、実際に食を捜すのは流の役割だった。流から聞きだした話を整理し、なんとか捜し出そうと試みたが、雲をつかむような話で、まるで進展がないまま、一週間が経《た》った。

さらには妙から与えられた課題にも取り組まねばならず、こいしの焦りは頂点に近づいている。

梅雨が明けたはずなのに、ぐずついた天気がずっと続いていることも、こいしの心を重くしていた。

「お母ちゃんはどこへ行ってたん？　なんでお父ちゃんに内緒にせなあかんかったん

か。そこが一番のなぞやねん。なんでやったん？」

仏壇の前で三角座りをするこいしは、掬子の写真に向かって首をかしげた。

刑事の時代からずっと、掬子は流に全幅の信頼を寄せていた。そしてそれは流もおなじだったと思う。

こいしが結婚という言葉を遠ざけているのは、それほど互いを信頼できるかどうか自信がないからでもある。

そこまで信頼し合っていたふたりには、秘密などいっさいないものと思っていた。行先も目的も告げずに旅をする。それは裏切りにつながらないのか。

ふつうなら帰ってきたら、実はこうこう、こういう目的でここへ行ってきた、と告げるはずだ。それを言わなかったのは後ろめたかったからか。

しかし流は追及しなかった。それを今になってなぜ。

何も言わずに死んでいった掬子も掬子だが、訊こうとしなかった流も流だ。

しかしやはり、流は気にしていたのだ。だからそのときの唯一の土産だった紅白餅を捜しているのだろう。

掬子が流に内緒にしておきたかったこと。それは何かと考えると、どうしても恋愛関係に行き当たってしまう。凡庸に過ぎるか。

だが掬子からそんな気配はみじんも感じられなかった。結婚前にはあったのかもしれないが、流に隠さねばならないような恋愛はなかっただろうと思う。

なにか手がかりがないかと思いをめぐらせたこいしは、掬子の唯一の遺品とも言える和箪笥《わだんす》を探りはじめた。

掬子の数少ない贅沢《ぜいたく》は好きだった和服の数々だ。形見として残してはいるものの、こいしが着る機会などめったになく、友人の結婚式に着ていったのも一度切りで、ほかは手つかずのまま箪笥に残っている。

几帳面《きちょうめん》だった掬子の性格を表すように、着物や帯はていねいにたとう紙に包まれ、和箪笥の引き出しにおさめられている。

掬子の匂いがする。こいしはたとう紙に頬を寄せた。

懐かしい匂いの元をたどると、それはたとう紙に透けて見える匂い袋だった。

紐《ひも》を解《ほど》き、匂い袋を取りだしてみる。

鹿の子《かこ》絞りの帯揚げで作られた赤い匂い袋は、掬子の手作りだったのだろうか。蝶《ちょう》の形、花の形、金魚の形。目を細めて掬子が手作りする様子が浮かんでくる。

込みあげるものを、こいしは抑えきれなかった。

頬を伝う涙がたとう紙に落ち、灰色ににじみはじめる。

今は当たり前のようにして、流とふたりで暮らしているが、長いあいだずっと三人でいたのだ。

刑事時代の流はめったに家に居なかった。ほとんどの時間を掬子とふたりで過ごした。思い出は匂い袋とともによみがえってくる。

帯もまたきちんとたとう紙に包まれ、匂い袋とともにしまってある。おなじ鹿の子絞りでも、帯のほうは紫色の帯揚げを使ってある。

掬子は伽羅《きゃら》だと言っていたような気がするが、白檀と聞き違えていたかもしれない。いずれにしても爽やかな香りだ。

一番上の小さな引き出しにおさめられているのは和装の装飾品だ。

帯締めや帯留めが桐箱《きりばこ》に入っている。

トンボ玉に飾り紐を通した帯締めは、夏の浴衣用なのだろうか。小さなメダカの絵が愛らしい。

おなじデザインの帯留めもある。セットで買ったのかと思いきや、どうやらどこかの店の記念品らしい。金色の小さな字で印刷されているが、細かすぎて読めない。

こいしは虫眼鏡を取りだした。

〈金沢ＳＡＮＰＯＵ〉と読めるが、まったく覚えがない名前である。店なのか会社なのか分からないが、掬子と関係があったのだろうか。

掬子と金沢に接点があったとは聞いていないし、流が捜している紅白餅と関連があるようにも思えない。

しかし、なにか引っかかる。ずいぶんと古いことだが、なにかの話で掬子の口から、金沢という言葉が出たような記憶がある。だが、かすかな記憶をたぐってもまるで思い当たることがない。

掬子はものをため込まない主義だったから、記念品として取っておいたのではなく、趣味に合っていたのだろう。とは言え、このトンボ玉の帯留めも帯締めも、掬子が身につけていたという記憶はない。

もちろんすべてを覚えているわけではないから、見逃していただけかもしれない。印刷文字からして、さほど古いものではなさそうだ。スマートフォンを手にしたこいしは、〈金沢SANPOU〉を検索してみた。

あっさりと結果が出た。金沢のイタリアンだった。店のホームページを見てみると、よさそうな店だが、掬子とはまるで結びつかない。そんな店の記念品をなぜ掬子は取っておいたのだろう。

たとえ紅白餅とは無関係だとしてもなにか気になる。行ってみようか。

思い立ったが吉日という言葉をよく使う流に倣《なら》って、こいしは早速、旅支度をはじめた。

着替えや化粧品などを小さなキャリーバッグに詰めるのに、五分とかからなかった。

「どっか行くんか？」

食堂では流が新聞を広げていた。

「どこへ行くか、なにしに行くか、て訊かんといてな」

「なんや。掬子の真似かいな」

新聞を畳んで流が立ちあがった。

「明日の朝には帰ってくる」

こいしはキャリーバッグを持ち上げて敷居をまたいだ。

「気ぃ付けてな。なんぞ旨《うま》いもん買うてきてくれよ」

流に見送られて、白い日傘をさしてこいしは正面《しょうめん》通を西に向かって歩きだした。

3

三年ぶりに行われる祇園祭の山鉾巡行を前に、京の街は祇園祭一色に染まった。

京都駅界隈《かいわい》も多くのひとで溢《あふ》れ、その余波は『鴨川食堂』の前にまで及んでいる。『渉成園《しょうせいえん》』にでも行くのだろうか。浴衣姿のカップルが正面通を行き交い、自撮り棒を高く掲げて写真を撮っている。

来年はこんな光景を見られなくなるのかと思うと、一抹の寂しさを感じる。

庭箒《にわぼうき》で店の前を掃きながら、こいしは薄曇りの夏空を見上げた。

「こんにちは。遅ぅなってしもて悪いこと」

妙がまとう薄紫色の紗《しゃ》の着物はいかにも涼し気だ。絽よりも透けて見えるせいだろうか。

「暑いなかわざわざ来てもろてすんません」

箒を壁に立てかけて、こいしが腰を折った。

「とんでもおへん。流さんの依頼やったのに、わたしまで呼んでもろておおきに」

妙が礼を返した。

「妙さんも気にしてはったていうことやし、お母ちゃんの思うてはったことを、妙さんにも知って欲しいと思うて。お父ちゃんも待ってはりましたし、どうぞお入りください」

こいしが奨めると、妙はゆっくりと敷居をまたいだ。

「わざわざお呼びたてしてすんまへんなぁ。こいしがどうしても妙さんにも食べて欲しいいて言うもんでっさかい」

パイプ椅子から立ちあがって、流が一礼した。

「なにを言うてはります。こんなおばあさんのことを気にかけてくれて、ありがたいことや思うてるんどすえ」

妙は額に浮かぶ汗を、白い汕頭《スワトウ》のハンカチで押さえた。

「お父ちゃんでさえ捜せへんかったもんを、うちが捜せるわけないと思うてたんやけど、お母ちゃんが見つけてくれて言うてはったんや思います」

白いノースリーブのシャツに黒いパンツは、金沢へ行ったときとおなじ出《い》で立《た》ちだ。

向こうで話を聞いたときの空気を、できるだけそのままふたりに伝えようという気持ちの表れだ。

「お母ちゃんが持って帰って来はった紅白餅は、金沢のお菓子屋さんが作らはったもんやった。けど、そのお菓子屋さんは廃業してしまわはったんで、残念やけど、おんなじもんはもう食べられへん。これはそのお菓子屋さんをやってはったひとから聞いて、うちが再現したもんです。食べてみてください」

こいしがふたりに紅白餅を出した。

「そや。こんなんやった。素朴な餅菓子っちゅう感じで」

紅《あか》い餅を手に取って、流はためつすがめつ眺めている。

「こういうもんやったんや」

妙は白い餅を黒文字で刺した。

「餡子もあっさりしとってええ感じや。正直言うと、味はあんまり憶えてへんのやが、なんとのう……。こんなんやった」

流が声を詰まらせた。

「美味しおすな。お餅屋はんのとも違うし、お饅《まん》屋はんのでもない。こういうもんは京都にはおへん。それが珍しいて掬子はんは土産にしはったんやろか」

妙は目を閉じてじっくりと味わっている。

「それだけの理由と違う思います。これは再現したもんやさかい、ふつうのお餅なんやけど、お母ちゃんが持って帰って来はったのは特別なお餅やった」

「特別？」

流と妙が声をそろえた。

「順を追うてお話しします。うちも座ってよろしい？」

「どうぞどうぞ」

こいしは妙と流に向かいあって腰かけた。

「適度に塩気が効いて、一杯飲めそうやな。どうです？」

流が訊くと妙が胸元をたたいた。

「暑気払いに一杯やりまひょ。こいしちゃん、冷酒にしよか」

「お酒が入ったほうが、いろいろ話しやすいし、うちもいただきます」

立ちあがってこいしが冷蔵庫から酒瓶を取りだした。

「『氷室《ひむろ》』か。今の時季にはぴったりの飛騨《ひだ》の酒やな」

ラベルを見た流が相好をくずした。

こいしは水屋から切子のグラスを三つ出してきて、酒瓶から注ぎ分けた。

「よう冷えてること」

目を細めた妙が藍色のグラスを手にし、ふたりに向かって掲げると、流とこいしもおなじ仕種《しぐさ》をした。

「お父ちゃんは小松栄一《こまつえいいち》さんて知ってる？　金沢のひとなんやけど」

冷酒をひと口飲んでこいしが訊いた。

「小松？　知らんなぁ。金沢とはあんまり縁がないさかいなぁ」

流が首をかしげると、妙も続いた。

「今はイタリアンのシェフをしてはるけど、兼六園《けんろくえん》の近くにあった『三宝楼《さんぼうろう》』ていう老舗《しにせ》料亭の跡取りさんやったんや」

こいしがタブレットの画面をふたりに向けた。

風格ある料亭の玄関前で撮られた記念写真に妙が目を近づけた。

「『三宝楼』。なんとのう思いだしました。たしか搀子はんのお父さんのお気に入りやったんと違うかしら」

「義父《おやじ》の気に入り……。そう言うたらそんな話を聞いたことがあるような」

流もタブレットに顔を寄せた。

「それとこの紅白餅が関係あるんどすか？」

妙が直球を投げた。

「これて見たことある？」

　こいしが帯留めと帯締めを流に見せた。

「いや」

　流が即答した。

「うちも見たことおへん」

　手に取って妙はまじまじと見ている。

「よう見たら字が印刷してあるでしょ？」

「これ字ぃなん？　金色の模様にしか見えへんのどすけど。老眼鏡持ってきたらよかった」

　妙が目をこすった。

「こない細かい字はわしも無理やな」

　流は端からあきらめているようだ。

「そうやろと思うて写真撮っといた」

　こいしがタブレットの画面を変えた。

「最初からそっちを見せとぉくれやす」

　妙がむくれ顔をこいしに向けた。

「金沢SANPOU。その『三宝楼』のことか？」

流がグラスをかたむけた。

「これがさっき言うた小松栄一さんのお店の名前。開店のときの記念品やったみたい」

「そんな記念品をなんでこいしが持ってるんや？」

「うちのと違う。お母ちゃんの和箪笥に入ってたんや」

「つまり掬子はんの遺品ていうことどすか？」

妙が訊くとこいしがこっくりとうなずいた。

「分かったようで分からん話やな。もうちょっと整理して話さんと依頼人にはちゃんと伝わらんで」

流は苦笑いしながら、妙のグラスに酒を注ぎ足した。

「すんません。慣れへんもんで」

こいしが舌を出した。

「お酒が足らんのと違いますか」

妙が笑いながらこいしのグラスに酒を注いだ。

「要するに『三宝楼』の跡を継がんと、小松栄一はんはイタリアンの店をやらはって、そのオープン記念にこの帯留めやらを作って、それを掬子が持っとったということやな」

流が要約すると、こいしは首を縦に振った。

「なんで掬子はんが、ていうのが気になりますな」

妙は帯留めを眺めまわしている。

「お祖父《じい》ちゃんと小松栄一さんは昵懇《じっこん》の間柄やったみたいで、栄一さんとお母ちゃんの縁談を勝手に進めてはったらしいんよ」

こいしが栄一の写真をタブレットに映しだすと、流は妙と顔を見合わせ、驚きをかくさなかった。

「えらい男前やねぇ。この写真はどうやって？」

妙がタブレットを横目にしながらこいしに訊いた。

「金沢のお店へ食べに行って、栄一さんに話を訊いたんです。この帯留めを見せて」

「掬子とおんなじようなこと言うて旅に出たんは、これが目的やったんやな」

流が納得したようにうなずいた。

「お父ちゃんが捜してた紅白餅とは、ぜんぜん関係ない思うて行ったんやけど、ぴったりつながったんでびっくりしたわ」

こいしは流と目を合わさない。

「なんとのう話の筋道が見えてきた。まだ餅とはつながらんけどな」

流が口の端で笑った。

「お母ちゃんが知らんうちに、おじいちゃんは身上書を作って向こうに送ってはった。写真も入ってたんで、栄一さんはいっぺんに気に入らはって、縁談が進むもんやと期待してはった。けど、お母ちゃんはそのとき、お父ちゃんと一緒になるて決めてはったんやろね。相手が誰やとか聞く前に、速攻で見合いは断らはったんやて。それを聞いて意気消沈しはった栄一さんは、時を経て料亭を弟さんに譲って自分は独立してイタリアンの店を開かはった」

こいしはタブレットに『三宝楼』と『金沢SANPOU』の写真を交互に映しだした。

「そこへ掬子はんが訪ねて行かっはった。そういうことどすな？」

妙が訊くとこいしがこっくりうなずいた。

「ちょっとショック受けましたわ。自分から断った縁談やのに、あとから未練が出てきたんやろか、て思うたら。まぁ、お父ちゃんも仕事にかまけて、お母ちゃんのこと放っときっぱなしやったさかい、無理もないんやけど。紅白のお餅をお土産にするて、精いっぱいのいやがらせやったんやろか」

こいしは冷たい視線を流に向けた。

「こいしちゃん、それは誤解でっせ。掬子はんに限って未練がましい振る舞いはしはらんはずどす」

妙がきっぱりと言い切った。

「うちもそう思いたいんやけど……」

こいしが唇を嚙《か》んだ。

「今になって思い返したら、こいしの言うことも、中《あた》らずと雖《いえど》も遠からず、かもしれんな。家のことは掬子にまかせっきりで、仕事一辺倒の暮らしやったさかい、掬子には寂しい思いさせてたんやろと思う」

流が肩を落とした。

「流さんまでなにを言うてはるんどすか。そらたしかに寂しい思いをしてはったかもしれんけど、掬子はんは流さん以外の男はんに気持ちを動かして会いに行ったりしはるようなことは絶対にありまへん。それは長い付き合いやったわたしが保証します」

妙が胸を張った。

「なんぼ妙さんが保証してくれはっても、お母ちゃんが栄一さんのお店へ行かはったんは事実やし、それもお父ちゃんに内緒で行ってはったんやから、後ろめたかったんと違います？」

妙に反論しながら、こいしは涙目になっている。

重苦しい空気が流れ、しばらく続いた沈黙を破ったのはインターホンのチャイムだった。

「鴨川さん、こいしさん宛てに荷物届いてます。ハンコお願いします」

細長い梱包《こんぽう》の宅配便を受けとって、こいしがハンコを押した。

「なんや？　金沢土産の酒か？」

流が訊いた。

「なんやろ。今話してた栄一さんからや」

一升瓶が入りそうな紙箱をこいしが振っている。

こいしはもどかしげに粘着テープをはがし、紙箱を開けた。

「しもた。忘れもんしてたんや」

中身を覗いたこいしは慌てて箱を閉じた。

「なんや？　見せられへんもんか？」

流が覗きこんだ。

「見覚えのある傘どしたえ」

妙が言葉をはさんだ。

「妙さんには負けるわ。一瞬やったのに気づきはったんや」

こいしが小首をかしげた。

「掬子はんが愛用してはった日傘ですやろ。そんなだいじなもんを忘れてくるやなんて」

妙が眉をひそめた。

「忘れたことすら忘れてたんかい。のんきなやっちゃ」

流があきれたように言った。

「ずっと考えごとしてたさかいや。何十本も傘なくしてきたお父ちゃんに言われとうないわ」

バツの悪さをごまかすように、こいしが反論した。

「大げさなやつや。あっちゃこっちゃで忘れてきた傘はせいぜい十本くらいやで。それも安もんのビニール傘や。掬子の形見とはわけが違う」

流がせせら笑った。

「戻ってきてよかったですがな。ちゃんと先方にお礼しなはれや。それにしてもレースのええ日傘や。夏はどこ行くときも、掬子はんこの日傘さしてはった」

こいしの持つ日傘を見つめて、妙が目を潤ませている。

「こいし、なんや落ちたで」

妙の足元に舞い落ちた白い封筒を、流が指さした。

「手紙みたいどっせ」

拾い上げて妙がこいしに手わたした。

縦長の白い封筒は封もされておらず、息を吹き込んだこいしが、数枚重なる便せんを取りだした。

「えらい長い手紙みたいやな」

横目にして、流がひとつ咳《せき》ばらいをした。

「ほんで結局この紅白のお餅はなんでしたんや？」

手紙を読むこいしに妙が訊いた。

「ちょっと待ってください」

便せんから目を離すことなくこいしが答えた。

「なんぼでも待ちまっせ。なぁ、流さん」

酔いが回っているのか、妙は頰を紅く染めている。

流は猪口を手にしたまま、ぼんやりと天井に目を遣《や》っている。

遠くから蟬《せみ》の鳴き声が届く。烏丸《からすま》通の街路樹か、渉成園か。どっちの樹《き》に止まる蟬だろう。流は耳を澄ませた。

蟬の鳴き声が止まると、一枚、また一枚、と便せんをめくる音が食堂のなかに響く。

四枚目の便せんでこいしの手がぴたっと止まった。

字を追う目がみるみる潤んでいく。

やがてあふれ出た涙が頰を伝い、とがった顎の先から、ぽたりぽたりと流れ落ちた。

「妙さんの言うてはったとおりでしたわ」

こいしが涙声を妙に向けた。

「そうどすやろ。なにがどない書いてあるのか知らんけど、掬子はんはけっしてひとを裏切らん、ほんまに誠実なひとやった。間違いおへん」

胸を張る妙も目を赤くしている。

「これはお父ちゃんが読まんとあかん手紙や」

こいしが便せんを流に手わたした。

「こいし宛ての手紙を読んでもええんか？」

受けとって流が訊いた。

「お母ちゃんて、こんな、こんなひと……」

　こいしが言葉を詰まらせた。

　重ねた便せんを両手で持った流が、目で字を追っていく。視線が縦に動き、一枚、二枚と進む。

《掬子さんは、当時ぼくとの縁談が進んでいたことなど、まったくご存じなかったのですから、無礼なことなどなにもないのに、わざわざお詫《わ》びにきてくださいました。そして流さんというご主人をどれほど深く愛しているかをお話しされました。おなじ男としてうらやましいかぎりで、ちょっと妬《ねた》んでしまいましたが（笑）。近所で評判の紅白餅のお話をしたら目を輝かせておられ……》

　五枚目の白紙の便せんを手にした流は目を真っ赤に充血させ、深いため息をついてからぽつりとつぶやいた。

「掬子らしい話や」

「わたしも読ませてもろてえぇのかしら」

　妙が訊くとこいしは大きく首を縦に振った。

「もちろんです」

「ほな、ちょっと失礼して」

妙は流から便せんの束を受けとり、背筋を伸ばしてから読み始めた。

声にこそ出さないものの、口を動かして読み続けた妙は、読み終えると洟《はな》をすすりあげた。

「流さんの言うとおり。搊子はんらしい話や」

「疑《うたご》うてしもたことを、お母ちゃんに謝らんとあかんな」

こいしが仏壇に潤んだ目を遣った。

「紅白餅にそんないわれがあったとはな。深い話や」

両腕を組んで流が首を左右に振った。

「ここまで知らんかったら、見つけたてエラそうに言えへんね。頼りない探偵ですんませんでした」

こいしが流に謝った。

「開いたお鏡をもういっぺん蒸しなおして紅白餅にするやなんて、素晴らしいことどすな。ほんまは京都でこそやらんとあかんことや」

妙が姿勢をただした。

「栄一はんいうのもなかなかの人物やな。こないして真意を伝えてくれはらなんだら、こいしも搊子のことを誤解したままやったやろし、わしもなんやモヤモヤしたもんを抱えとったやろ」

流がグラスを置いた。

「自分の知らんあいだのこととは言え、身上書を送っといて勝手に破談にしてしもたことに胸を痛めてはった。掬子はんらしい話どすな。無礼の詫びも兼ねて栄一はんの再出発をお祝いに行くやなんて、ほんまにようできたひとやった。そういうひとほど早ぅあの世に行かはる。つらいことや」

妙の頬をひと筋の涙が伝った。

「うちやったら絶対行ってへん。知らんあいだに勝手に進めてた縁談やさかい、自分にはなんの責任もないし。相手にも自分の夫にもヘンな誤解されたらかなんと思うし」

こいしがかぶりを振った。

「掬子はそういうやつやった。誤解を畏れん、っちゅうか、これと思うたことはなにがあっても貫きよる。感じんでもええ負い目を感じよることもようあった。たぶんこの栄一はんにもやろな」

グラスをかたむけ、流が潤んだ目を細めた。

「お鏡ていう形でいっぺん役割を終えたお餅を、もういっぺん仕立て直して、紅白餅にする。栄一さんからその話を聞かされて、お母ちゃんもきっと、ええ話やと思わはったんやろなぁ。刑事から料理人へ、二度目の人生をやったらええやん、そうお父ちゃんに言いとうてお土産に持って帰らはったんや。そんな深い話、うちに分かるわけないやん」

こいしが小指で目尻をぬぐった。

「けど、こいしちゃんがトンボ玉の帯留めやらに気が付いて、金沢まで足を運んださかい、こないして流さんの捜しもんが見つかったんやさかい胸張ったらよろしい。こいしちゃんの最後になるかもしれん探偵業は大成功やったと思いますえ」

妙がこいしの肩に手を置いた。

「おおきに、妙さんにそない言うてもらえただけで充分です」

こいしがその手を握りしめた。

「刑事から食堂のオヤジになったことが、第二の人生やと思うとったけど、今になってこの紅白餅をこいしが捜しあてたっちゅうことは、もういっぺん第二の人生を歩め、て掬子が言うとるのかもしれんな」

流が掬子の写真に目を遣った。

「そういうことどすやろな。掬子はんもよう言うてはった。ピンチはチャンスのはじまりやて」

「そうやで、お父ちゃん。新天地を探してもういっぺんがんばらんと。お母ちゃんにどやされるで」

こいしが流の背中をはたいた。

「そない力入れんでも分かっとるて」

流が顔をしかめた。

「こいしちゃんの言うとおりや。いっそのことほんまの鴨川の近くで『鴨川食堂』開いたらどうどす？　お客さんにもよう分かってもらえるんと違うやろか」

妙が提案すると、こいしが大きな音を立てて手を打った。

「それ、ええと思います。死ぬまでにいっぺんは鴨川の近所に住みたい思うてたんです。朝起きたらすぐ鴨川を散歩して、て。ひるねも連れていってやろ」

「ひるねは犬やないで。首輪付けて猫を散歩に連れてるひとなんか見たことないわ」

流が苦笑いした。

「ええの。リードなんか付けんでもひるねはちゃんと付いてくるんやから」

こいしが鼻先を天井に向けた。

「思わん長居をしてしもた。ぼちぼちおいとまします。こいしちゃん、お勘定してくれるか」

妙がきんちゃく袋から長財布を取りだした。

「妙さん、今日のとこはけっこうです。わしらも一緒によばれましたさかい」

流が手を横に振った。

「それはあきまへん。来栖妙が何度もタダ飯を食べたてなことになったら、ご先祖さんにも申しわけが立ちまへん。ちゃんとお代を取っとぉくんなはれ」

妙は一歩も退《ひ》かないかまえだ。

「困ったなぁ。妙さんの分だけを計算するやなんてできまへんがな」

流は和帽子を取って頭をかいた。

「しょうがおへん。お借りしときますわ。今度お支払いさせてもらいまっさかい、ちゃんと帳面に付けといとぉくれやすな」

妙がしぶしぶ財布をしまった。

「どないするか決めはったら言うとぉくれやす。わたしでできることやったら、なんでもお手伝いさせてもらいますえ」

妙が引き戸に手を掛けた。

「ありがとうございます。世渡りがへたなふたりでっさかい、頼りにしとります」

和帽子を取って流が腰を折ると、こいしがあとに続いた。

「そんな言い方しはったら、わたしが世渡りじょうずみたいですがな」

妙がへそを曲げた。

「そんなこと思うてませんて」

こいしがとりなした。

「暑ぅなりそうやさかい、おふたりとも気ぃつけてお過ごしやすや」

妙が正面通を東に向かって歩きだした。

「これから上のほうでっか？」

「へえ。バス乗り継いで帰ります」

「ご安全に」

流とこいしが並んで見送った。

妙の背中が見えなくなったのをたしかめて、ふたりは店に戻る。

「不思議な時間やったなぁ」

片づけながらこいしがつぶやいた。

「ほんまにな」

店に入った流はわき目もふらず、まっすぐ仏壇に向かった。

こいしはあわててそれに続く。

「すまなんだ」

仏壇の前に正座した流は頭を下げた。

「なにを謝ってるん？」

こいしはろうそくの火を線香に移した。

「いろいろや」

目を閉じて手を合わせたまま流が答えた。

「ふーん。いろいろ、な。ようけ謝らんならんことあるやろな」

「黙ってお参りしとかんかい」

「はーい。お母ちゃん、ありがとう。これからもよろしゅうに」

こいしが手を合わせた。

番外編

鴨川食堂おでかけ

流とこいしのひとりご飯

一皿目

1軒目

佐世保のアジフライ

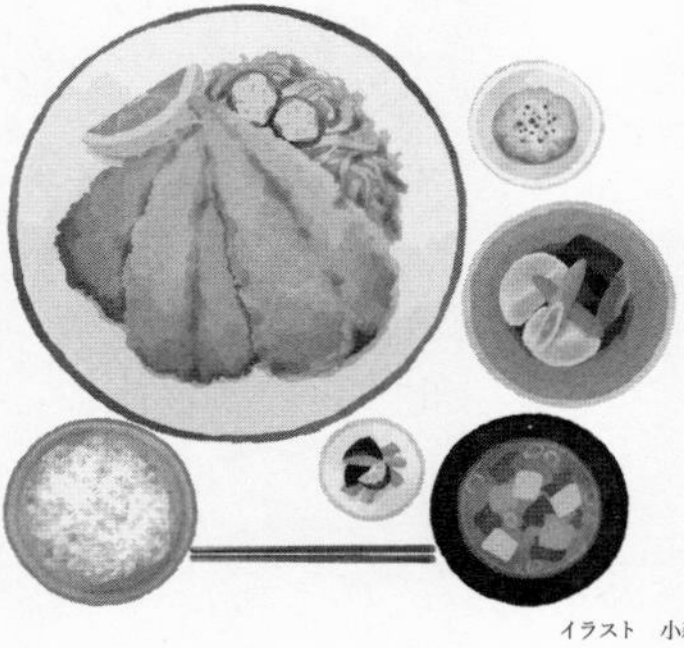

イラスト　小森のぐ

大きい声では言えまへんけどね、食を捜しに地方へ行くと、ホッとしますねん。横でうるそう言うこいしが居らんと、ひとりで好きなように食えます。

こないだは春巻を捜しに長崎へ行って来たんでっけど、ちょっと足を延ばして佐世保《させぼ》まで行って来ましたんや。佐世保てわしらの世代は、軍港のイメージが強いんでっけど、今はええ漁港のある街というとこですわ。

魚市場 もったいない食堂
住所：長崎県佐世保市相浦町1563 佐世保魚市場ビル3F

佐世保の駅から海沿いに二十分ほど車で走ったとこに、相浦《あいのうら》っちゅう港町がありましてな、そこの魚市場に『もったいない食堂』いう店があるんですわ。市場のなかでっさかい、店へ行くまでは殺風景でっけど、店のなかはきれいやし眺めもええ。旨《うも》ぅて安い。超が付くような穴場を見つけましたんや。

一番のお奨《すす》めは〈日替わり定食〉。千円以内やった思うんでっけど、新鮮な焼魚やとか煮物に、味噌汁《みそしる》とご飯が付いてますねん。魚が旨いのは当たり前やけど、この白飯がまた旨い。ええ米使《つこ》うてます。

絶品やったんはアジフライですわ。ふつうの店は小さいアジを開いて丸ごと揚げますけど、ここは分厚い切身のフライですねん。ごっつ旨いでっせ。刺身でも食えるような、港に揚がったとこの、新鮮なアジを使うたアジフライは、魚市場の食堂ならではですな。

こういう市場食堂は、とかく調味料とかは手抜きしがちでっけど、ここは自家製のタルタルソースも丁寧にこしらえてあって、洋食屋のそれに一歩も引けは取りまへん。ええ仕事しとります。

こんな食堂が近所にあったらええなぁと、つくづく思います。

2軒目

京都のたぬきうどん

いつもお父ちゃんと一緒にご飯食べてますけど、お父ちゃんが食を捜しに旅をしてはるときだけは、うちひとりでご飯食べてます。たいてい外食ですねん。どんなお店で何を食べてるかご紹介します。

うちの探偵事務所から、京都駅をはさんで、ちょうど反対側、東寺《とうじ》通にある『殿田《とのだ》』はんは、お父ちゃんもよう食べに行かはるおうどん屋さん、お昼はたいていここです。

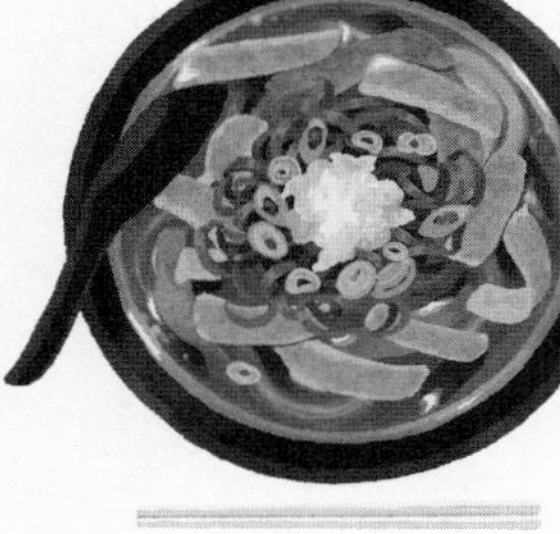

イラスト　小森のぐ

殿田
住所：京都府京都市南区東九条上殿田町15

京都らしいお飾りは一切ありません。普通の食堂ていう雰囲気がええんです。ご近所さんと観光客のお客さんが、程よう混じり合《お》うてはります。おうどん、中華そば、お丼、何を食べても美味《おい》しいんですけど、うちの一番のお奨めは「たぬきうどん」です。

京都ではお揚げさんを載せて、餡《あん》かけにしたんを「たぬき」て言いますねん。「きつね」が餡かけで「たぬき」に化けた、ていうことですねんよ。九条ネギの刻んだんをたっぷり載せて、おろし生姜《しょうが》を天盛りにして食べたら、熱々とろとろの餡と、じゅわーっと味の染み出るお揚げさんがたまりまへん。

京都のおうどんは、やわらかいのが一番の特徴です。讃岐《さぬき》うどんみたいなコシは一切ありませんねん。そやさかい、うちらは「こし抜けうどん」て呼んでます。

主役はお出汁《だし》です。色は薄いけど、お昆布と鰹《かつお》のお味はしっかり付いてます。その出汁の餡を食べるんです。おうどんは脇役やさかい目立ったらあきません。ほんのり甘《あま》うて芳《こう》ばしいお出汁の餡が絡んだお揚げさんとおうどんは、ホンマに美味しおすえ。

3軒目

京都の焼肉

　京都の人て、ほんまにお肉が好きなんですよ。それも牛肉。ちょっとイメージと違うでしょ？　はんなり、あっさりだけが京都やないんです。がっつり、こってり、も京都らしい食やと思います。

　お肉てどう料理しても美味しいんですけど、うちが一番好きなんは焼肉ですねん。京都には美味しい焼肉屋はんがようけありますけど、お祖父《じい》ちゃんに連れてってもろて、好きになったんが四条《しじょう》川端にある『天壇《てんだん》』です。

イラスト　小森のぐ

天壇 祇園本店
住所：京都府京都市東山区宮川筋１丁目225

京都で焼肉て言うたら『天壇』ていう人多いですよ。大きいお店でＶＩＰフロアとかもあるんやけど、うちがひとり焼肉するのは二階の窓際席。ほんまはカップルシートなんやけど、うちはこの席で鴨川を眺めながら、ワイン飲んでひとり焼肉を愉《たの》しんでます。

最初はタンやとか赤身の塩焼をちょっと焼いて、あとはタレ焼。いたって普通やと思わはるやろけど、『天壇』のタレ焼は他と違います。タレ漬けの肉を焼いたら、〈黄金のタレ〉ていう洗いダレをくぐらして食べますねん。

その名のとおり、黄金色した洗いダレは透き通ってて、京都のおうどんのおつゆみたいですねん。濃いタレの染みたロースやカルビを無煙ロースターで焼いて、それを〈黄金のタレ〉でさっと洗《あろ》うて、ご飯に載せて食べたら、そらもう幸せいっぱい胸いっぱいです。

誰が名付けはったんか、〈銘牛トライアングル〉て言うて、京都は近江《おうみ》、松阪《まつさか》、神戸の三大和牛産地が作る三角形の中心にあるんです。せやから手近に美味しい肉があって、京都の人は牛肉好きになったというわけです。

4軒目

大阪の鮨

東京に比べたら、京都やとか大阪は江戸前鮨《えどまえずし》の店が目立ちまへんな。鯖《さば》鮨やとか箱鮨やとかの、関西鮨が目立ってしまうせいかもしれまへん。そこそこの値段で江戸前鮨を堪能したいときは、京阪電車に乗って大阪へ行きますねん。たまに気が向いたらこいしも連れて行きますけど、たいていひとりですわ。

京阪本線の守口市《もりぐちし》駅で降りたら、目の前にそびえ建ってるホテルが「ホ

イラスト　小森のぐ

ホテル アゴーラ 大阪守口 日本料理「こよみ」
住所：大阪府守口市河原町10-5 ホテル アゴーラ 大阪守口 4F

テル アゴーラ 大阪守口」。その四階にあるのが『日本料理「こよみ」』です。

この中にカウンター七席ほどの鮨屋があることは、あんまり知られてまへんけど、わざわざ京都から足を運ぶ価値は充分あります。

ホテルの日本料理店の一角に、土壁で囲まれたカウンター席があります。ちょっとした隠れ家ですわ。

完璧な江戸前と違《ちご》うて、ときどき関西ふうの鮨が間に挟まるのがここの特徴です。寡黙な職人さんが十数種のネタを順番に握ってくれます。ウンチクをいっさい言わんのもよろしいな。それでいてネタもシャリも握りのひと手間も、東京の鮨屋に引けは取りまへん。ちょこちょこと酒飲んで、腹いっぱい江戸前鮨食うてもたいてい一万円でおさまります。

とろけるような大トロやとか、ウニ、イクラも入ってやさかい安い思います。穴子も焼きと煮たんと両方出してくれますし、江戸前のコハダや煮《に》蛤《はま》も美味しいんですわ。〆《しめ》のかんぴょう巻も絶品でっせ。

目黒のサンマやおへんけど、鮨は大阪守口に限ると思うてます。

5軒目

京都のオムライス

京都の人て、ほんまに卵が好きなんですよ。一番有名なんは出汁巻きですね。親子丼の店もタマゴサンドの店もよう行列ができてます。けど、うちが一番好きな卵料理て言うたらオムライス。毎日でも食べたいくらいの好物なんです。

オムライスて二種類ありますやんか。フワトロ系とカッチリ巻いた系。うちは断然カッチリ巻き派です。

イラスト　小森のぐ

ますや
住所：京都府京都市下京区杉屋町265

洋食屋さんから喫茶店まで、あちこちで食べましたけど、一番好みに合うてるのは高倉通の高辻《たかつじ》通を下《さが》ったとこにある『ますや』さんです。細道に〈お弁当〉て赤い幟《のぼり》がはためいてますさかい、たいていの人は弁当屋さんやて思うてはります。持ち帰りのお弁当もええんですけど、店のなかのカウンター席やったら、出来たて熱々が食べられます。

オープンキッチンて言うか、厨房《ちゅうぼう》のなかで食べてるようなライブ感も『ますや』さんの大きな魅力です。

L字形のカウンターだけで、五人も座ったら満席になるような、ミニチュア洋食屋さんのオムライスは、子どものころに食べたんとおんなじ味がします。ケチャップ味のふつうのオムライスで、どこにでもありそうやけど、ここでしか味わえしません。懐かしい楕円形《だえんけい》の銀皿に盛ってあって、熱々で出てきます。

上に掛けたぁるケチャップをスプーンでのばして、ちょこっとだけソースを掛けて食べたら堪《たま》りまへん。京都らしい路地裏の名店の代表ですわ。

お店が混んでたらオム弁にして持ち帰ります。ほんまにええ店ですえ。

6軒目

岩国の山賊焼

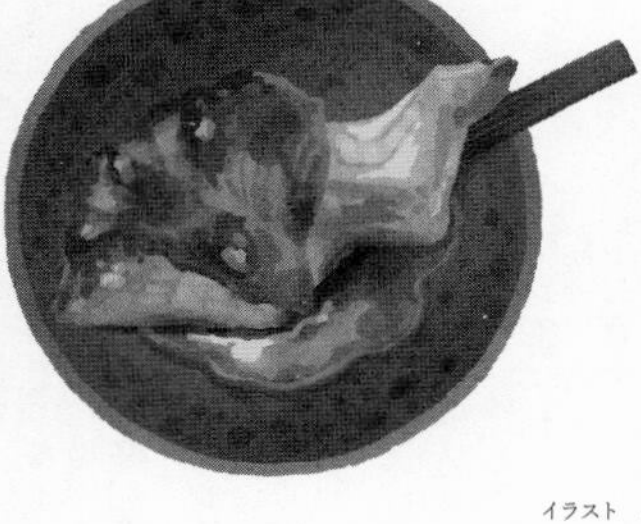

イラスト　小森のぐ

誰がなんて言うても、旨い店と言うたら京都です。たいていの料理は京都の店が一番やと思うてます。けど、たまに、これは京都にはない、とても敵《かな》わんな、と思う店も地方にあるんですわ。

山口の知り合いに連れて行ってもろたんですけど、岩国《いわくに》の山奥にある『いろり山賊』っちゅう店がその典型ですな。まずはそのスケールにびっくり

いろり山賊 玖珂店
住所：山口県岩国市玖珂町1380-1

します。どれだけ客席があるのか数えきれまへん。

こんな広ぅて大きい店は絶対京都にはありまへん。それも人里離れた山奥の国道筋にあるんやさかい、驚かいでかいな、ですわ。

敷地の中に川が流れとるわ、神社はあるわ、お地蔵さんまでありますねん。見てくれだけのテーマパークみたいな店かいな、と最初は思いましたけど、何を食うても旨いことにも驚きます。

赤い毛氈《もうせん》を敷いた、野点床几《のだてしょうぎ》みたいな席に、冬は炬燵《こたつ》が置いてあります。ここで飲んだり食うたり、ホンマ愉しいでっせ。

餃子《ギョーザ》からステーキ、テールスープに串カツと、いろんなメニューがあるんですけど、どれもほんまに旨い。中でも一番気に入っとるのが、店の一番の名物〈山賊焼〉です。

串に刺した若鶏を炭火で焼いて、タレを絡めたもんに、そのまま齧《かじ》り付くんでっけど、まさに山賊気分でっせ。

甘辛いタレは他とひと味違うて、後口がさっぱりして、ええ塩梅《あんばい》なんで、瓶詰のタレを買うて帰ったくらいです。

周りになんにもない山奥までわざわざ足を運ぶ価値は充分あります。

7軒目

京都の鮨

お父ちゃんが現地調査してはるときは、うちひとりで晩ご飯食べてます。
たまに浩《ひろ》さんと一緒に食べるんですけど、ひとりご飯も好きですねん。
お酒も飲みながら、ちょっと贅沢《ぜいたく》したいなぁと思うときはお鮨ですわ。
仏光寺《ぶっこうじ》通の高倉通近《ちこ》ぅに『ひご久《ひさ》』いうお鮨屋さんがあるんですけど、
ここやったらうちらみたいな女性ひとりでも、気楽に愉しめます。
京都だけと違うやろけど、お鮨屋さんのカウンターて、ひとりやと勇気

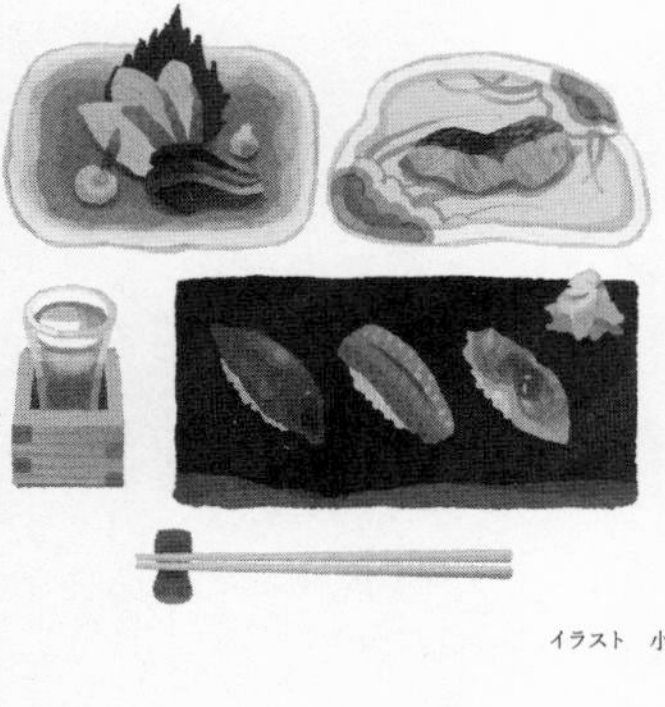

イラスト　小森のぐ

ひご久
住所：京都府京都市下京区仏光寺柳馬場西入東前町402

要りますやん。いくらぐらい掛かるんやろ、とか、どんなふうに注文したら恥かかんと済むやろか、とか、気にし出したらキリがおへん。

そこへいくとこの『ひご久』はんはご主人も怖いことないし、女将《おかみ》さんもやさしい上に、お鮨屋さんにしては値ごろやさかい、安心して入れます。

むかしの長屋みたいな外観もホッとしますけど、なかに入ったら懐かしい町家造りなんで、ホッコリ和みます。

好きなんを注文するのもええけど、おまかせしといたら、いろんな美味しい魚を順番に出してくれはります。

お造りやら、焼魚をちょこちょこっと出してもろて、それをつまみながらお酒をちびちび飲むのが大好きです。

お酒のアテみたいな小鉢もんも挟んでもろて、いよいよお鮨ですわ。

コハダやとかヅケ、煮蛤の握りもあるし、基本的には江戸前なんやけど、シャリはちょっと京都ふうで、全体にはんなりしたお鮨ですさかい、女性には打ってつけやと思います。

むかしは錦市場の中にお店があって、お母ちゃんも贔屓《ひいき》にしてはりました。

8軒目

宮島の穴子飯

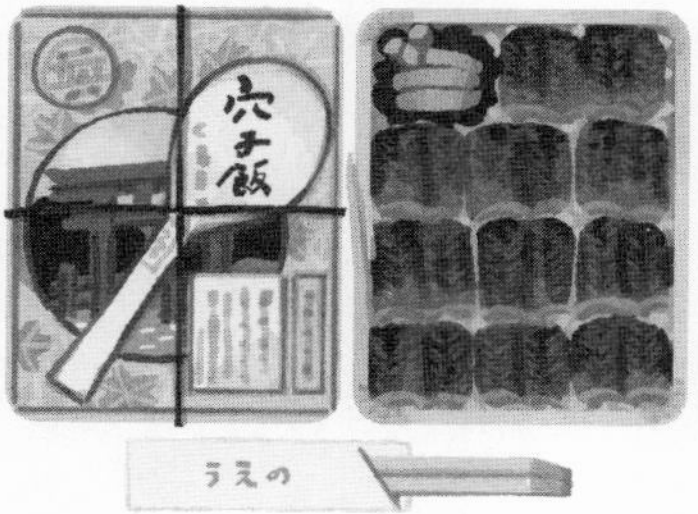

イラスト　小森のぐ

穴子っちゅうのも、ちょっと不思議な魚ですな。鰻《うなぎ》によう似とるようで、ちょっと違うし、鱧《はも》とも違う。長モンの中では、一番あっさりしてるんと違いますか。

穴子て言うたら鮨か天麩羅《てんぷら》。なかなかそれ以外には思いつきまへんやろけど、穴子料理でわしが一番好きなんは穴子飯。それも店は決まってます。広島の宮島口《みやじまぐち》駅前にある『うえの』ですわ。ここの穴子飯は絶品と言う以

あなごめし うえの 宮島口本店
住所：広島県廿日市市宮島口1-5-11

外に言葉が見つかりまへん。

　いっつも長い行列ができとる店で出来たてを食うのもええんですが、わしはどっちかて言うたら、冷めた駅弁のほうが好きですねん。『うえの』の穴子飯のはじまりは駅弁やったんですわ。創業は明治三十四年やそうですさかい、立派な老舗《しにせ》です。

　このあなごめし弁当を持って、わしはいっつも宮島へ船で渡りますねん。十分もかからんと宮島へ着いたら、嚴島《いつくしま》神社の鳥居が見えるベンチに座って包みを解きます。

　むかしながらの経木《きょうぎ》で作った折がよろしいな。手触りもええし、何より水分を調節してくれよるさかい、冷めてもむっくりした味になります。

　切手よりちょっと大きいに切った焼穴子が、飯が見えんぐらい、びっしりと載ってます。鰻よりあっさりした穴子もええんですが、タレの染みたご飯がこれまた旨い。

　しみじみした滋味て言うか、食うてると胸にじーんと来よる。

　箸休めの奈良漬けと一緒に、米粒ひとつ残さんと食いきったら、ああ、ほんまに幸せやなぁとつぶやきます。

第二話　ボルシチ

1

　年の瀬も近づき、立ち退きの期限が迫るなか、鴨川流とこいし父娘《おやこ》は、移転先候補の下見に向かっている。

『東本願寺』界隈《かいわい》を生活圏としているふたりにとって、これから向かう『上賀茂神社』近辺は京都の街はずれに思える。

七条《ななじょう》通を西へ歩き、七条堀川のバス停から京都市バスに乗り込んだ。

「市バスに乗るのも久しぶりやなぁ」

こいしは窓の外をじっと見ている。

「遠足みたいやな」

その様子に流が苦笑いした。

市バスは堀川通をまっすぐ北上する。

やがてふたりが乗る京都市バス九号系統は『二条城《にじょうじょう》』の前に差しかかった。

「『二条城』てなもんを見るのはいつ以来か。思いだせんぐらいや」

吐く息で窓ガラスはすぐに曇る。ハンカチで拭きながら流は感慨深げだ。

「京都に住んでても、滅多にここは通らへんもんな。九系統の市バスに乗るのて、ひょっとしたら初めてかもしれんわ」

窓側に座るこいしは、流とおなじ方に目を向けた。

「烏丸通の傍《そば》に住んどったら、どこへ行くのもまずは地下鉄の駅に行くさかいな。堀川通をこない頻繁にバスが走っとることすら知らなんだ」

「うちらはほんまに井の中の蛙《かわず》やねんな」

こいしが車内を見まわすと、朝遅い時間のせいか、通勤や通学らしき乗客はおらず、ほとんどが高齢者だ。

「うちら、て一緒にせんといてくれるか。バスこそ乗らんけど、刑事時代は車でよう通っとった。府警本部へ行くときは、たいてい堀川通を通ったもんや」

流が小鼻を膨らませた。

「そうやったんか。そしたらこれから行く上賀茂の辺もよう知ってるん?」

こいしが訊《き》いた。

「よう、っちゅうほどやないけど、だいたいの地理は分かっとる。妙さんとことは賀《か》茂川《もがわ》を挟んで反対側。物件は御薗橋《みそのばし》通に面しとるんやろ」

「そない言われても、うちにはさっぱり分からんわ。あの辺やったら『上賀茂神社』しか知らんし」

「下《しも》に住んどるもんは、おおかたそんなもんやろ。逆に上《かみ》のほうのひとは西と東の本願寺はんの、どっちがどっちやらよう分からんらしいで」

「なんぼなんでもそんなことはないやろ」

そんなやり取りがしばらく続いたあと、こいしが苦笑いした。

京都では御所を擁する『京都御苑《ぎょえん》』を境にして、それより北を上、南を下と呼ぶ習わしがある。南北の高低差から生まれた言い回しではあるが、おおむね下は繁華な地

んは世界文化遺産でっさかいな」

前を歩く妙が振り向いた。

「古もん屋はんは繁盛しとるんでっか？」

流が訊いた。

「ぼちぼちですわ。毎月第四日曜の『上賀茂神社』手づくり市の日は、ようさんのひとがうちにも立ち寄らはりますけどな」

「そんな市があるんですか？」

こいしが高い声を出した。

「愉しおっせ。アクセサリーやら陶器やら、ようけのお店が出ますねん」

「月に一回のお愉しみですね」

紙袋を手にしたこいしは、妙のすぐ後ろをついて歩き、流はわき見をしながら、少し遅れて歩いている。

「ここどす。不動産屋はんが待ってくれてはるわ」

妙の視線の先にはスーツ姿の男性が立っていた。

「おはようございます」

グレーのスーツを着た男性が三人に笑顔を向けた。

「おおきに。お待たせしましたな。こちらがお話ししてた鴨川はんや。お父さんの流はんと娘はんのこいしちゃん」

妙が紹介すると女性はふたりに名刺を差しだした。

「京都テナントアドバイザリーの石山和夫《いしやまかずお》です。よろしくお願いいたします。早速ですが寒いのでどうぞなかのほうへ」

錆《さ》びたシャッターを開けて、石山が三人を招き入れた。

「ちょっと狭いけど、うちの店によう似とるな」

流が薄暗い店のなかを見まわす。

「コロナ前までは食堂だったんです。麺類や丼物、定食もあって安くて美味《おい》しいと評判だったんですよ」

石山が照明を点《つ》けると、『鴨川食堂』とよく似た内装の店内があらわになった。

「ひと通りの設備は整うてるんや」

カウンターの上に紙袋を置き、こいしがなかに入りこんで、厨房《ちゅうぼう》機器をチェックする。

「厨房機器については、完全に稼働するかどうか確認していませんので、家賃には設備費は含まれていません。不要でしたら撤去してください」

石山はファイルケースを三人にわたした。

「内装やらは触ってもよろしいんやろ？」

図面と店内を見比べながら妙が訊いた。

「もちろんです。借主さん側のご負担になりますが、なかはお好きなように改装なさってください。但し築年数が古いので、いろいろ制約はあるかと思います」

石山が意味ありげな顔つきで答えた。

「九十五平米っちゅうたら何坪になるんやな」

図面を手にして、流が天井を仰いだ。

「二十九坪弱と違いますか」

妙が即座に答えた。

「よう頭がまわること」

こいしが苦笑いした。

「今の店が三十坪やさかい、似たようなもんか」

ぐるりと見まわして流がうなずいた。

奥に長い長方形の店には、右手に八席ほどが並ぶカウンターがあり、左側には四人掛けのテーブルが四つ並んでいる。満席になれば二十四人。今の『鴨川食堂』より客席数は多いが、テーブルを減らせば、料理人ひとりでもまわしていけそうだ。

ただ、カウンターのなかの厨房の狭さが気になる。

「バックヤードも見せてもらえますかいな」

流がカウンターの奥を覗《のぞ》きこんだ。

「どうぞどうぞ」

石山は素早くカウンターのなかに入り、暖簾を上げて三人を招いた。

「奥も厨房になってるんや。けっこう広いなぁ。これやったらお仏壇も置けそうや」

こいしがバックヤードをぐるりと見まわした。

「お仏壇をここに置くかどうかはまだ分からんで。探偵のほうに置くかもしれんし」

流が流しの蛇口をひねると、茶色く錆びついた水が勢いよく出た。

「どれぐらいのあいだ空家になってたんです？」

妙が訊いた。

「丸二年と少しになります」

手元の資料を見ながら石山が答えた。

「築年数はどれぐらいです？」

流が訊いた。

「昭和四十七年竣工《しゅんこう》とありますから、築五十年になりますか」

「うちが生まれるずっと前からあるんや」

石山の答を聞いて、こいしが目を丸くした。

「そこだけがちょっと心配どすな。雨漏りとかしまへんやろな」

妙が語気を強めた。

「上の階がありますから、その点は大丈夫です。もしも不都合なことが生じましたら、うちのほうで責任を持って対処いたしますのでご安心ください」

石山が胸を張った。

「やっぱり上の階を住まいとして借りるのはやめときまひょか」

妙が流の耳元でささやいた。

「ご覧いただいてからお決めくだされば」

石山が苦笑した。

一階店舗のほうは五年前にリノベーションしたばかり、ということもあり、流もこいしも心を傾けているようだったが、階上の住居を見たところ、どうやら改装が必要だと分かり、ふたりとも難色を示した。

「じゃあ、もう一軒のほうへご案内しましょうか」

石山が妙の顔色をうかがいながら提案した。

「それがよろしいな」

「遠いんですか？」

「いえ、すぐ裏手になります。まったく別の物件なのですが、偶然背中合わせに建っていまして、西側の駐車場を抜けて行けるんです。ご案内します。戸締りをしますので、表で少し待っていてください」

石山はブレーカーを落とした。

通りに出た三人は駐車場に入り、マンションの裏側を覗いている。

「背中合わせていうたら、その平屋の家やろな。なんかえらい古びてるな」

コートのジッパーを上げて、こいしが顔をしかめた。

「たしかに古いけど、ええ家でっせ。こっちにしよか迷うたぐらいやさかい。数寄屋造りで上等の普請がしたある。前は織屋はんの別宅やったみたいどす」

妙がコートのボタンを留めた。

「お待たせしました。ほんとうは駐車場のなかを通ってはいけないのですが、おなじ地主さんなので、裏手の家を借りた場合だけ特別に許可をいただいてます。でも、出入りする車には充分注意してくださいね」

まわりを見まわしてから、石山が裏手に向かった。

「ようこんな古い家が残ってたもんやな」

流が瓦葺《かわらぶき》の大屋根を見上げた。

「めっちゃ広そう」

白壁を見ながら、こいしが目を輝かせている。

「敷地は六十五坪、建物は四十八坪あります」

石山が振り向いた。

「そう。坪数で言うてくれはったほうが分かりやすい」

流が顎を縦に振った。

「なかを見てびっくりしなはんなや」

誰にともなく言って、妙が小さく笑った。

「こっちが玄関になります」

建屋の正面にまわって、石山が冠木門《かぶきもん》を指した。

「老舗《しにせ》旅館みたいやないか」

流はぽかんと口を開けたままだ。

「ほんまに。こんなとこ、きっと高《たこ》ぅて住めへんわ」

こいしがその横に立った。

「たしかに。ふつうやったらこいしちゃんの言うとおりなんやけど」

妙が意味深な言葉をつぶやくと、石山がにやりと笑った。

「ひょっとして事故物件でっか？」

流が眉を曇らせると、妙が即座に否定した。

「そんなもんをおふたりに奨《すす》めますかいな。安心して住めるお家でっせ」

「ほな、なんで……」

「その話はあとにして、とにかくなかをご覧ください。勝手口から入りましょう」

石山が枝折戸《しおりど》を開けて前庭に入った。

「庭もよう手入れしてある。禅寺の茶室みたいやな」

敷石を伝って、四人が庭の奥へと歩いていく。

「こいしちゃん」

妙が耳元で呼びかけた。

「なんです？」

「ここやったら、ひるねを飼えますえ」

妙がにやりと笑った。

「ほんまや」

思わず大きな声を出したこいしは、慌てて口をふさいだ。

「なにがほんまなんか知らんけど、こんな住宅街で大声を出したらあかんで。近所のひとがびっくりしはるがな」

流がたしなめた。

「ごめん。あんまりうれしかったもんやさかい、つい」

こいしが肩を狭めた。

「どうぞお入りください」

石山がガラスの入った引き戸を開けた。

「勝手口て、どう見ても正面玄関ですがな」

流が土間から続く、広々とした板の間に大きく目を見開いた。

「表玄関はこちらになります」

板の間に上がりこんだ石山がふすまを開けた。

「ほんまに旅館やん。もうこれ以上見んとこ。絶対うちらのテコには合わへんて」

こいしは靴を脱がず、板の間に上がることをためらっている。

間口はさほど広くないが、奥に長く延びる建屋は、京町家独特のうなぎの寝床に近い。

「妙さん、せっかくやけど、こいしの言うとおり、わしらには贅沢《ぜいたく》過ぎますわ。石山はんにも申しわけないんやが」

流がため息をついた。

「流さんがそう言わはるやろていうことは想定の範囲内です。せっかくやさかい、全部見てから決断したらええんと違いますか。なぁ、石山さん」

妙が顔を向けると、石山は大きくうなずいた。

「奥に離れもありますので、どうぞご覧ください」

石山が建屋の奥を指さした。

母屋の居間は軽く二十畳を超えているだろう広さで、その奥には囲炉裏が切ってあり、信州あたりの民宿を彷彿《ほうふつ》させる。高い天井には太い梁《はり》がむき出しになっていて、造りの古さをうかがわせている。

流とこいしは啞然《あぜん》とした表情のまま、部屋のなかに見入っている。

「ええ庭ですえ」

居間の奥に延びる縁側から、妙は外の庭を見ている。

「よう手入れしたぁる。この庭木の手入れだけでもけっこうかかりますがな」

「どなたか住んではるんと違うんですか。どこもぜんぜん傷んでへんし」

　こいしが大黒柱を両手で撫《な》でている。

「この渡り廊下の奥が離れになっているのですが、雨でも濡《ぬ》れずに行けるのもいいでしょ」

　石山は母屋から離れに通じる渡り廊下を歩きはじめた。

「この奥の離れは、おふたりの居室にしたらええと思います。一番奥がお風呂とお手洗いになってるさかい」

　妙が石山のあとに続く。

「玄関の横にもお手洗いありましたね。二か所あるんですか？」

「玄関のほうは来客用、離れの奥はプライベート用に使い分けたらよろしい」

「いたれりつくせり、っちゅうやつですな」

　妙の言葉を聞いて流が苦笑いした。

　母屋から離れとひと通り見終えたふたりは、複雑な表情を浮かべながら、勝手口から外に出た。

「表通りのテナントはともかく、こっちの住まいのほうは、なんべんも言うようやけど、わしら父娘のテコには合わんと思います。表のテナントのほうの家賃やとか敷金とか条件を聞かせてもらえまっか?」

流が石山にそう言うと、こいしは名残を惜しむように、立ち止まって町家を振り返った。

「よかったらそこのフルーツパーラー行きまひょか。果物屋はんの奥に喫茶スペースがありますねん」

妙の提案にみなが即座に同意した。寒風に足先がしびれはじめていたのだ。

御薗橋通に面した果物屋は小ぢんまりした佇《たたず》まいで、奥のパーラーも至極控えめな造りなので、知らなければ通り過ぎてしまうだろう。落ち着いた内装の店内には、カウンターが六席ほどと、四人掛けのテーブル席が三つ並んでいる。

四人は一番奥のテーブル席に座り、それぞれが注文を済ませた。

「こちらが物件のご案内になります。これがテナントのほうで、こっちがお住まいのほうです」

石山が流とこいしにファイルケースを手わたした。

「やっぱりな。これぐらいの家賃はすると思うた」

さっと目を通したこいしは、力なく肩を落とした。

「両方借りるとなると、とてもやないが払えんな」

流はコップの水を飲みほして、ファイルケースをテーブルに置いた。

「どっちかひとつとなったら、テナントのほうなんやろけど、こっちのほうが高いんや。うちはてっきり古民家のほうが高いと思うたんやけど」

こいしがバナナジュースにストローを差した。

「わしもそう思うた。せやからテナントのほうだけで、と思うてたんやが」

流がコーヒーカップを傾けた。

「住まいだけ借りるいうのも本末転倒やし。残念やけどあきらめんとしょうがないな」

こいしが音を立ててバナナジュースを吸いこんだ。

「ぼちぼち、例の話をしてあげはったらどうです？」

妙が石山に水を向けた。

「承知しました」

いくらか緊張した面持ちで、石山が白い封筒をテーブルに置いた。

「なんぞいわくがあるんでっか？」

流が訊いた。

「表通りのテナントビルと、こちらの古民家はおなじオーナーさまの所有なのですが、今回来栖さまからのお話を伝えましたところ、とても喜んでおられまして、そのような方にぜひお借りいただきたい。ついては、両方ともお借りいただけるのであれば家賃を半額にさせていただく、と言っておられます。ご一考いただけませんでしょうか」

その旨記載した計算書を、石山がテーブルに広げると、流とこいしは頭をくっつけるようにして覗きこんだ。

「言うてはる意味がよう分からへんのですけど」

こいしは困惑した表情で首をかしげている。

「この計算やったらテナントだけ借りるより、両方借りたほうが安ぅなりまっせ。計算が合いまへんがな。なんぞその間違いですやろ」

流が一笑に付した。

「わたしも最初このお話をお聞きしたときは、計算間違《まちご》うてはると思うてました。けど、ようようお聞きしたら、なるほど妙案やと気づいたんです。家いうもんは空家になるとすぐに傷む。あれだけの立派な古民家は後世に残さんならん。そのためには住むのが一番なんやけど、だれ彼のうぃうわけにはいかん。素性がしっかりしてて、なおかつ古い家をだいじにする人に住んで欲しい。家主さんはそう思うて、こんな大胆な案を出さはったんですやろ」

　妙が話を説いた。

「なるほど。わしらは管理人としてあの家に住むということですんやな。ただ同然の家賃で住む代わりに、ちゃんと管理せえと。となると、いろんな制約があるんと違いまっか？」

　流はまだ懐疑的だ。

「その点はご安心ください。細かな制約はいっさいございません。一般的な借家契約とお考えいただいて大丈夫です」

　石山が笑みを浮かべながら言葉を足した。

「そう聞いたら、そういうこともあるんかなと思わんこともありませんけど、ほんまにそんなええ話があるんかなと疑《うたご》うてしまいます。うまい話には必ず裏がある、てずっとお父ちゃんにも言われてきましたし」

　こいしが流を横目で見た。

「わたしが保証人にならせてもらいますさかい、どっちも心配要らん思います。こういうお話に行き当たるのも、ご縁というもんどす。貸主さんにも借主さんにも、めったとないええご縁やと思いますえ」

「来栖さんのおっしゃるとおり、わたしも長いことこの仕事をしておりますが、どんな好条件であっても、ご縁がないと成立にいたりません。きっと今回の件は縁が結ばれると思いますし、おたがいに喜んでいただけると確信しております」

石山が語気を強めた。

「宝くじに当たったようなもんやろか」

こいしが頬を紅潮させているのは、暖房が効いているせいだけではなさそうだ。

「ありがたいお話やと思いますんやが、いちおう掬子にも相談して決めたい思います。明日まで返事は待ってもらえますやろか」

流は書類をファイルケースに戻した。

「もちろんでございます。善は急げとも申しますが、今すぐにお答えを、とまでは思っておりませんし、オーナーさまもおなじです。熟慮いただきましてからお返事をちょうだいできれば幸いでございます」

素早く伝票を取った石山が立ちあがってレジに向かった。

「ほんまに信じてええんですか？」

こいしが妙の耳もとで声をひそめた。

「大丈夫。実はこの家主さん、お茶のお弟子さんですねん。むかしからこの辺りの大地主で、なかなかの文人さんです。得度もしてはりますし、信頼に足るおひとです。もしもなんぞややこしいことになったら、わたしが解決しますさかい安心してなはれ」

妙が胸をたたいた。

「ありがとうございます。心強い限りです」

こいしが頭を下げた。

「ところで例の話は進んでますのか？　器だけ片が付いても、肝心の中身が決まらんことには」

妙が顔を曇らせた。

「進んでるて言うたら進んでるけど、止まってるて言うたら止まってる」

こいしが苦笑いした。

「わたしが説得したげよか」

「いや、説得とかそういうことやないんです。お互いに先が見えへんので、最後の決断ができひんのです。もうちょっと時間がかかる気がします」

「悠長にかまえてるほど時間はないんやさかい、そのつもりでおいやすや」

妙がぴしゃりと言った。

「分かりました」

こいしは神妙な面持ちで首を縦に振った。

「またぞろわし抜きで内緒話でっかいな。まぁ、おおかたの想像は付いてますけどな」

流がにやりと笑った。

「そらそうですやろ。なんちゅうても元は敏腕刑事さんやったんやさかい。けど、しばらくは知らんぷりしといとぅくれやすな」

妙が目くばせした。

「ごちそうになってよろしいんかいな」

レジで支払いをしている石山に流が声を掛けた。

「これぐらいは会社の経費で落ちますのでご心配なく」

折りたたんだレシートを財布に仕舞って、石山が笑顔を返した。


フルーツパーラーを出て、石山と別れた三人は御薗橋通を東に向かって歩く。

「あんなとこに鳥居建ってましたかいな？」

御薗橋の東側を見上げて、流が首をかしげた。

「あの鳥居が建ってから、まだ一年も経《た》ってしませんねん。立派どすやろ」

妙が答えた。

「まるで妙さんのために建てはったみたいなもんなんや」

こいしがにっこりほほ笑んだ。

「この橋も歩道が広ぅなって歩きやすなりました。前は自転車を避《よ》けるのにも往生したんでっせ」

「なにもかも妙さんのために整備しはったんですな」

流が顔だけで笑った。

「神さんがなにかと便宜はかってくれはって、ありがたいことや思うてます」

妙もおなじような笑顔を返した。

「素通りするわけにはいきまへんな。お参りしていきまひょか」

流の提案にしたがい、三人は『上賀茂神社』を参拝してから、妙の家に向かった。

「まだまだ片付いてへんのでっせ。むさくるしいとこやけど、まぁ、どうぞおあがりやす」

妙が玄関の木戸をガラガラと開けた。

「社家町の並びやなんて、申し分のない立地ですな」

流が周囲を見わたした。

「ええご縁をいただいた思うて感謝してます」

玄関先で妙がふたりを招き入れる。

「失礼します」

流とこいしが敷居をまたいだ。

「さっきのお家に比べたら、ほんまにウサギ小屋ですやろ。どうぞおあがりやす」

妙が黒光りする板間に上がりこんだ。

「いやいや、家は大きさで比べるもんやない。造りの質はこっちのほうが上ですやろ。しかし、よう似た建屋ですな」

流は障子の桟を見つめている。

「さすが流さん。ひと目で見抜かはりましたな。あっちとおんなじ棟梁が建てはったみたいでっせ」

「やっぱりそうでしたか。渋い趣味やけど、贅を尽くした建築ですがな」

流が柱を撫でた。

「お腹空《なかす》きましたな。早速呼ばれまひょか」

妙が六角形の大きなテーブルへふたりを招いた。

「これまたええテーブルですな。民芸家具でっか」

こいしから受け取った紙袋を、流はそっとテーブルの上に置いた。

「こういう建築に合わせたら、こんな家具になりましたんや。松本民芸家具ですわ。重いさかい、いっぺん置いたら動かせへん。模様替えするときは便利屋はんを頼まんならん思うてます。まぁ、狭いとこやけどお掛けください」

妙に奨められて、ふたりはウッドチェアに腰をおろした。

「お茶でも淹《い》れましょか」

こいしは腰をおろすなり、すぐに立ちあがった。

「こいしちゃんはお客さんなんやさかい、座ってて。お茶ぐらいわたしが淹れます。けど、せっかく流はんにお弁当作ってきてもろたんやさかい、一杯つけまひょか？」

妙がにやりと笑った。

「そうですな。こないええおうちで食べるのに、お茶だけ、っちゅうのも」

流もおなじような笑みを浮かべた。

「お酒飲む理由て、簡単に見つけられるんや」

紙袋から風呂敷包みを取りだしながら、こいしが肩をすくめた。

「どんなお弁当なんやろ。愉しみやわぁ」

妙は四合瓶《よんごうびん》からちろりに酒を移し、雪平《ゆきひら》鍋を火に掛けた。

「『月の桂《かつら》』の純米でっか。よろしいなぁ。ちょこっと苦味を感じる後味が好きですねん」

流が緑色の酒瓶を手に取った。

「さすが妙さん。お父ちゃんの好きなお酒をよう知ってはるわ。バナナみたいな香りがするさかい、うちも好きやけど」

風呂敷包みを解き、重箱を並べながら、こいしが横から覗きこんだ。

「なんですの。年の瀬から早々とおせちどすか?」

妙は黒漆の三段重を、まじまじと見ている。

「そんなええもんと違います。ありあわせのもんばっかりやさかい、せめて器なと気張らんとと思うただけで、おせちとはほど遠いんでっせ」

流は蓋をはずし、三段重をテーブルの上に並べた。

「やっぱりおせちどすがな」

妙が目をみはった。

「妙さんともあろうひとが、見た目でごまかされたらあきまへん。ただのありあわせの弁当を重箱に詰めただけです。一段がひとり分になっとります。簡単に中身の説明をしときまひょ。左上はブリの照焼き。オイスターソースをちょびっと混ぜて、中華風の味にしてます。その右横はカニのパン巻き。カニの身とミソを和えたんをパンに塗って、丸めて揚げてます。パラッと塩を振って食べてください。その右は燻製《くんせい》にしたカキを甘酢に漬けたもんです。ケッパーの実ごと食べてもろたら美味《おい》しおす。その下はトリササミのフライ。柚子味噌《ゆずみそ》を塗ってありますんで、そのままどうぞ。その左横はフグの唐揚げ。スダチを絞って食べてください。真ん中の左端はアマダイの昆布《こぶ》〆《じめ》。おぼろ昆布を絡めてますんで、そのままいける思います。その下はアナゴの巻き寿司《ずし》。その右は栗《くり》おこわ。下の右端はめはり寿司です。どれもそのまま食べてもろたらええ思いますけど、味が足りんようやったら、塩なと醤油《しょうゆ》なと掛けてもろたらよろしおす。よう見てもろたら、弁当そのものでっしゃろ」

説明を終えた流は、笑顔を妙に向けた。

「なんと贅沢なお弁当ですやろ。盛付けもお見事、眺めてるとため息が出ます。年の瀬やていうことを忘れてしまいますわ」

雪平鍋からちろりを取りだして、妙は三つのぐい呑《の》みに酒を注《つ》ぎ分けた。

「ほな、乾杯しまひょ。『鴨川食堂』のおひっこしが決まったことをお祝いして」

妙がぐい呑みを挙げると、流とこいしは顔を見合わせて苦笑いした。

「まだ決まったわけやおへんけど。とりあえず」

流とこいしもぐい呑みを挙げた。

「決まったようなもんですがな。ほかに選択肢があるわけやなし。流さんもいっつも言うてはるやないですか。縁があったら出会えるもんや、て。こんなご縁、めったにありまへんで」

妙がぐい呑みをゆっくりかたむけた。

「うちの心はもう決めてます。あとはお父ちゃん次第」

こいしはぐい呑みを手にしたまま、ぼんやりと窓の外を見ている。

「たしかにご縁もありますし、ひとつも文句はおへん。あとは……」

続く言葉を呑みこんで、流はぐい呑みに口をつけた。

「流さんの気持ちは手に取るように分かります。抜かりはおへん。ちゃんと考えたぁります」

ぐい呑みをテーブルに置いて、妙が胸に手を当てた。

「なにからなにまで、すまんことです。それだけが気がかりやったもんで」

ホッとしたように、流は腰を落ち着けた。

「ひょっとして、お母ちゃんのお骨《こつ》？」

時間でも二時間でも平気で正座してましたえ」

　釜に湯を足しながら、妙がこいしをにらんだ。

「すんまへん」

　肩をすくめたこいしはペロッと舌を出し、ゆっくりと茶碗をかたむけた。

「もう一服どないです？」

「充分でございます。それより妙さん、信子《のぶこ》はんは元気にしてはりますか？」

「信子さんのこと、よう覚えててくれはりましたなぁ。元気にしてはりまっせ。ヨガ教室に通うてはるせいかしらん、あちこち旅行に行ってはります」

「よろしおした。ビーフシチューを捜さしてもろたんは何年前でしたかいなぁ」

「よう思いだしてくれはりました。実を言うと、わたしもあのとき一緒に捜してもらおと思うてましたんや」

　妙は茶道具を仕舞いはじめた。

「そうでしたんか。えらい長いこと待ってもろたんですな」

　流が楽茶碗をつぶさに拝見している。

「あのときは軽い気持ちやったし、信子さんと似たようなもんを捜してたさかい、言いそびれてしもうて。けど、最近になって、どうしても捜してもらわんと、と思うようになりましたんや」

「余計なことかもしれまへんけど、妙さん、すっかり京言葉が身に付かはりましたな。あのころはまだ標準語でしゃべってはったのに」

「横浜から京都に来て、まだ四年ほどしか経ってまへんでしたさかいに」

「ということは、京都に移り住まはるようになってから、十三年くらいになるんですか。早いもんですねぇ」

こいしが感慨深げに口をはさんだ。

「歳取るはずですわ」

妙が深いため息をついた。

「信子はんと似たようなもん、て言わはりましたな。妙さんはなにを捜してはるんです?」

流が妙の目をまっすぐに見た。

「ボルシチです」

妙はその目を見返して短く答えた。

「ボルシチ?」

流とこいしがどうじに訊き返した。

「へえ、ロシア料理のボルシチですけど、おかしおすか？」

妙がふたりに顔を向けた。

「ちっともおかしいことはないんですけど、いっつもお着物やさかい、てっきり日本料理のどれかやと思いこんでました」

こいしがほほ笑むと、流はこっくりとうなずいた。

「そのボルシチのお話を聞かせてもらいまひょ。こいし、ノート持ってきたか？」

「いっつも持ってる」

バッグからノートを取りだし、こいしが鼻を高くした。

「なんや緊張してきましたわ」

妙が咳《せき》ばらいしたあと、しばらく沈黙が続いた。

「こいし、早《はよ》ぅ訊かんかい」

流は気忙《きぜわ》しげに言った。

「お父ちゃんが訊かんとあかんやんか。食堂はうちにまかせて、これからは探偵業一本で行くんやろ？」

険しい表情でこいしが言葉を返した。

「そんなこと急にできるわけないやないか。こいしが見本を見せてくれんと。探偵に専念する、っちゅうのは、こっちに引っ越してきてから、の話や」

鋭い視線をこいしから向けられ、流は思わず目をそらした。

「わかった。よう見といてや」

座りなおしたこいしは、ノートを開いてペンを取った。

「急に割り込んでしもて、すんまへんなぁ。また機会を改めてもろてもええんやけど、せっかくやさかい。よろしゅう頼みます」

妙が小さく頭を下げた。

「ほんまやったら、まず探偵依頼書に記入してもらうんやけど、今日は持ってきてへんし、省略します。改めてお訊きしますけど、来栖妙さんはなにを捜してはるんです？」

「ボルシチどす」

強《こわ》ばった表情で妙が答えた。

「どんなボルシチを捜してはるのか、詳しいに聞かせてもらえますか」

こいしが妙に顔を向けた。

「一九九二年の初夏でした。エリナていうロシア人の女性がうちに持ってきてくれて、それをレンジで温めて食べたボルシチです」

妙がよどみなく答えた。

「ボルシチて、ふだんはめったに食べへんし、最後にいつ食べたか覚えてへんくらいです。どんな味でした？ 覚えてはりますか」

こいしはノートにボルシチらしきイラストを描き始める。

「ボルシチてそんなんと違うで」

ノートを覗きこんで流が横槍《よこやり》を入れた。

「余計なこと言わんといて。調子狂うやんか。お父ちゃんは横でじっと見てたらええの」

「すまん」

こいしがぴしゃりと言い放った。

流が肩を狭めた。

「わたしもあんまり覚えてへんのよ。そんな感じやったような気もするし。赤い色して、ちょっと酸味が利いてたんはたしかやけど、それ以上はほとんど」

イラストを横目にしながら、妙は首をかしげている。

「エリナさんて言わはりましたね。そのひとは今どないしてはるんです？ きっとご存じないんやろうけど。知ってはったらエリナさんに訊いたら分かることやし」

「三十年ほども前に会うたっきり。どこでどうしてはるんやら、さっぱり」

妙が顔を曇らせた。

「そのエリナさんと妙さんはどういうご関係なんです？」

こいしは妙の目をまっすぐに見た。

「そうやね。そこからお話しせんとあきませんわね」

「差支えなかったら」

「別に差支えがあるわけやないんやけど」

妙はぼんやりと宙に目を遊ばせている。

「そのひとのことが分からんと捜しようがないと思うんで」

こいしが遠慮がちに言った。

「なんとのう気が重いんやけどお話ししますわ。エリナさんいうのは、息子の白之《しろゆき》の恋人やったみたいなんどす」

妙が遠い目をして答えた。

「妙さん、息子はんがやはったんですか。ちっとも知りまへんでしたな」

流が口をはさむと、こいしは目を三角にした。

「いましたんや。一九九一年に二十三で亡くなりましたけど」

いしてはるし、ついつい言いそびれてしもうて、今日になったいうわけです。白之も生きてたら、孫の顔も見せてくれてたやろと思うと、なんやあのときエレナさんに冷とうしたことも引っかかってましたし。あのボルシチをもういっぺん食べんと、あの世で白之に会うたときに合わせる顔がない。そう思うたんです。食べる気がせんて言うて、来栖は食べてもいいひんかったさかい、話がかみ合わへんかったやろし。けっして急ぎまへんで。わたしがあっちへ行くまでに捜してきてもろたらそれで充分間に合いますし」

妙が寂しげな顔で窓の外を見上げた。

「分かりました。お父ちゃんにはせいだい気張って捜してもらいます」

流を横目で見ながら、こいしは開いていたノートをゆっくりと閉じた。

2

上賀茂への引っ越しが決まり、妙が保証人となって賃貸契約を結んだのは年明け早々のことだった。

立春には移転を完了させたいとこいしが主張し、流は引きずられるように、渋々引っ越し準備を進めているようだ。

あと少しで店じまいする『鴨川食堂』を目指す妙の足取りはけっして軽やかとは言えない。ほんとうに見つかったとして、だからどうすればいいのか。どう考えても答えは出てこない。いっそ見つからないほうがいいとまで思ってしまう自分を、妙はうとましく感じていた。

「こんにちは」

玄関の引き戸を開けた妙の目に飛び込んできたのは、所狭しと並んだ段ボール箱だ。

「おこしやす、ようこそ。こんなとこに来てもろてすんまへんな。こいしがここでの最後の仕事は妙さんにしたいと言うもんでっさかい」

首にタオルを巻いた流が厨房から出てきた。

「ありがたいことや思うてます」

妙は脱いだ道行《みちゆき》を丁寧に畳んでテーブルの上に置いた。

「すぐに用意しまっさかい、ちょっとだけ待っててとぉくれやすか」

「なんぼでも待ちまっせ。今日はこれだけのために上から降りてきましたんで」

「ほなどうでっか、いっぱいやらはりますか？」

「今日はよう冷えますさかい、お言葉に甘えて熱燗《あつかん》でもいただきまひょか」

妙が相好をくずすと、流は厨房に戻っていった。

段ボール箱だらけの店のなかを見まわすと、妙の胸はじわじわと熱くなった。

横浜から単身で京都に移り住み、右も左も分からなかったころ、偶然この店に出会ったのは、神さまの導きだったのだろうか。

もしも『鴨川食堂』に出会わなかったら、京都でどんな暮らしをしていたか、想像もできない。

その『鴨川食堂』も『鴨川探偵事務所』もこれが見納めになるのだろう。そう思うと胸が締めつけられるようだ。

「お待たせしましたな。わしもお相伴させてもろてよろしいかいな」

流が大ぶりのちろりとぐい呑みをふたつ盆に載せて運んできた。

「どうぞどうぞ。ぐい呑みをふたつ持ってきてはるのに断れるわけおへんがな」

妙は苦笑いしながら、ちろりからふたつのぐい呑みへ酒を注ぎ分けた。

「ここでこないして妙さんと呑むのも、今日が最後になりますんやろな」

流がぐい呑みを高くあげた。

「こいしちゃんは？」

妙がぐい呑みを持ったまま首を伸ばした。

「ボルシチの最後の仕上げをしとります。上のほうへ行ったら、気張って料理を作らんなりまへんしな」

「ちょっとは腕上げましたんかいな」

「ぼちぼちですなぁ。思うてることに手が追いつかん、っちゅうか、頭が先に走ってしもうとるんですわ」

「まぁ、追々でよろしいがな。しばらくは流さんも手伝《てつど》うてあげますのやろ？」

「ひとさまからお金をもろうて食べてもらうんでっさかい、それなりの料理にせんなりまへんし、監督せんとあきまへんやろ。妙さんには申しわけありまへんけど、今日もそのクチですわ。わしが捜してきた味を、ちゃんと再現できとるかチェックせんなりまへん」

ぐい呑みを一気にかたむけて、流は厨房に険しい視線を送った。

「疑うてるわけやないんですけど、ほんまにあのボルシチを見つけてくれはったん？」

妙が上目遣いに流の顔を覗きこんだ。

「さぁ、どうや分かりまへんで。まったくの見当はずれかもしれまへんし、どんぴしやかもしれまへん。愉しみにしとってください」

自信ありげな顔つきで、流は妙のぐい呑みに酒を注いだ。

「妙さんこんにちは。お待たせしてすんません。もうできあがりますし」

厨房との境にかかる暖簾のあいだから、こいしが顔を覗かせた。

「なんぼでも待ちますさかい、あんじょう作っとぉくれやっしゃ」

妙が笑顔を返した。

「だいじょうぶかいな」

流は心配そうに眉をゆがめた。

「ええ匂いがしてきましたやん。きっとだいじょうぶどっせ」

妙が流に酒を注いだ。

「捜してきはったんはお父ちゃんやけど、作ったんはうちです」

こいしは銀盆に載せて運んできたボルシチを妙の前に置いた。

「きれいな赤やこと」

妙が目を輝かせた。

白い丸皿に白いスープ皿が載り、赤く染まった野菜や肉がごろりと入るスープが、ほんのりと湯気を立てている。

「どないです? 見た目はこんな感じでしたか?」

流が訊くと、妙は黙ってこくりとうなずいた。

「どうぞゆっくり召しあがってください」

こいしはそう言い残し、流と一緒に下がっていった。

ほんのり湯気の上がるボルシチを、妙はじっと見つめている。湯気の向こうに白之の笑顔が透けて見える。

わずかに震える指でスプーンを持ち、そっとボルシチを掬《すく》い、おそるおそる口に運ぶ。

舌から喉へ、そして食道をとおって胃に沁《し》みわたっていく。

哀しさより悔しさが先に立つ。なぜ。なぜ。なぜ白之はあんなに早く逝ってしまったのか。なぜそれを防げなかったのか。夫は生涯その疑問を自分に投げ掛け続けていた。

自分までおなじ疑問を抱き続けていたのでは、救いのない老後を過ごさねばならない。だからずっと諦観したそぶりを夫に見せ続け、いつの間にかそれが身についてしまった。

これからというときに息子を亡くし、諦められる母親など、この世にひとりも居るものか。諦め顔をしながら、血が出るほど唇を嚙《か》みしめてきた。

哀しみはふたりで分かち合えば半分になる。誰が言ったか知らないが、そんなの嘘《うそ》っぱちだ。喜びだって哀しみだってふたりで重ねれば二倍になるのに決まっているじゃないか。

あの日夫はかたくなに拒んだので、保存容器に入っていたボルシチを小鍋に移して温め、カレー皿に盛って夜中にひとりで食べた。

こんな味だったような、まるで違ったような気もする。なにしろ味などまるで覚えていないのだから。もちろん美味しいなどとは思わなかった。一年経ってもまったく癒えない心の傷口から、溢《あふ》れ出る血のような赤い液体は、吐きだしたくなるほどだった。

そうか。こんな味だったのか。たしかに白之が好みそうな料理だ。

子どものころに作ったカレーの、具が小さいと言って泣きべそをかいていた白之には、ごろごろと大きな肉の切身がうれしかったのだろう。

肉を嚙むごとに口いっぱいに広がる甘みと酸味は、心をゆるゆると解いていってくれる。

口を開けば恨み言ばかりになってしまうと思っていたのだろう。夫はエレナと言葉を交わすことなく、ずっと仏頂面で口をつぐんでいた。

あのときロシアへ白之が行ったのは、エレナが誘ったわけでもなく、自ら望んで行ったのだし、事故に遭ったバスもエレナは同乗していただけで、白之がプランニングしたツアーだったのだから、エレナにはなんの瑕疵《かし》もない。恨む筋合いではないことは、頭で分かっていながら、冷淡な応対をしてしまったことを心から悔いる。

ボルシチを食べ進むうち、あらためてその思いが強くなった。

「どないです？　こんな味のボルシチでしたか？」

いつの間にか流が傍らに立っていた。

「おおきに流はん、よう捜してくれはりました。たしかにこんなボルシチやった思います」

瞳ににじんだ涙をハンカチで押さえながら、妙は中腰になって頭を下げた。

「よろしおした」

流はホッとしたような顔つきで、短く言葉を返した。

「どないして捜してきはったんか、教えてもろてよろしいやろか」

妙がゆっくりと腰をおろした。

「失礼して座らせてもらいます」

和帽子を脱いで流は妙と向かい合って座った。

「どうぞどうぞ」

妙は襟元を整えて座りなおした。

「正確に言いますと、今食べてもろてるボルシチは、三十年前に妙さんが食べはったんとはちょっと違いますんや」

流が妙に顔を向けた。

「どういう意味です？」

妙が身を乗りだした。

「エレナはんが白之はんの一周忌のころにお持ちになったんは、銀座のロシア料理店のボルシチでしてな」

流はタブレットをテーブルに置き、レストランの写真を見せた。

「あのとき食べたんはこの店の？」

妙は困惑した表情で首をかしげた。

「今でいうテイクアウトですな。もちろん当時の店はそんなことやってまへんでしたやろけど、エレナはんはそこでバイトをしてはったんで、特別に作ってもらわはったというわけですわ」

「エレナさんはここでアルバイトしてはったんですか」

妙は写真に見入っている。

「ロシア文学を研究してはった白之はんはこの店を気に入ってはったみたいで、ここでバイトしてはったエレナはんと出会わはったらしいです」

「そうやったんですか。そう言うたらそんなことを白之から聞いたような記憶があります。銀座に美味しいロシア料理の店があるから、一緒に食べに行こうて。わたしも来栖もロシア料理にあんまり気が向かへんかったんで、行かず終《じま》いでした」

「あのころは誰でもそうでしたやろな。わしは好奇心旺盛でしたんで、京都にできたロシア料理の店にすぐ飛んで行きましたけど」

流が苦笑いした。

「なんとのう話の筋道が分かってきました。白之は行きつけにしてた、そのロシア料理の店でエレナさんと出会うて親しいなった。それで一緒にロシア旅行をしてて事故に遭うた。一周忌のときお仏壇に線香あげに来てくれたとき、自分がきっかけを作ったような気がする、て落ち込んでたんは、そういうわけがあったんですやろね」

妙が瞳を潤ませた。

「人間の運命てなもん、誰にも分からしまへん。たしかに白之はんはエレナはんと出会うてはらなんだら、その事故に遭わんと済んだ思います。せやさかいと言うて、エレナはんに罪があるわけやない。けど、親御さんの妙はんやご主人からしたら、そうは思えんのですやろ。そのお気持ちもようよう分かります。人間の業っちゅうのは深いもんですな」

「あとから思い返したら、なんちゅう失礼な仕打ちをしたんやろて。ちゃんと話も聞いたげて、白之が世話になった礼も、一周忌にわざわざ来てくれたことも感謝せんならんかったのに。なんちゅう無礼な親やと、エレナさんは思うてはったやろ。やり直せるもんやったらやり直したい。このボルシチを捜して欲しいと流さんに頼んだのは、そういうわけでしたんや」

妙の頬をひと筋の涙が伝った。

「きっとそうやろと思うてました」

流がこっくりうなずくと、妙は大きく見開いた目を流に向けた。

「ひょっとして、ひょっとしてですけど、このボルシチは……」

「さすが妙さん、ええ勘してはりますな。ご推察どおりエレナはんが作らはったボルシチです」

流がきっぱり言い切ると、妙は大粒の涙を流した。

「よかった。元気どしたんやな。ほんまによかった。おおきに流はん、よう捜してくれはりました」

『鴨川探偵事務所』は食を捜す探偵で、人捜しはしない。いつも流からそう聞かされていたから、けっして口にはできなかったが、ほんとうに捜して欲しいのはボルシチではなく、エレナだった。元刑事の流なら、そんなことは最初からお見通しだったに違いない。

「縁がある、っちゅうのはこういうことでっしゃろな。妙さんからお聞きしたことをヒントに、銀座のロシア料理の店に行ってみたら、すんなりとエレナはんの消息が分かりましてな」

流はタブレットをタップして画面を変えた。

「これは？」

妙は覆いかぶさるようにして、ディスプレイに目を近づけた。

「エレナさんが函館《はこだて》で開いてはるロシア料理店です。銀座のロシア料理店のご主人が教えてくれはったんです」

坂道に佇む瀟洒《しょうしゃ》なレストランを流が指さした。

「函館？」

妙の声が裏返った。

「白之はんと初めて一緒に旅しはったんが函館やったんやそうです。ふたりともえらい函館が気に入ってしもうて、いつかここでロシア料理店をふたりで開こうて言うて、夢を語ってはったみたいです」

「ちっともそんな話はしてくれませんでした」

妙が寂しげにつぶやいた。

「親と息子てそんなもんですやろ。わしにも覚えがありまっけど、将来の夢やとか付き合うてる相手のことは、めったに親に話しまへんでした。なんや照れくそうてね」

「白之は子どものころから寡黙なほうでしたわ」

「エレナはんに対してもそうやったみたいでっせ」

流が言葉を足すと、妙はホッとしたような顔をタブレットに向けた。

「エレナさんはその夢を叶《かな》えてくれはったていうことですか？　どなたかとご一緒に？」

「エレナはんおひとりでした」

「……」

妙は口をつぐんだまま、身じろぎもせずタブレットの画面を見つめている。

「白之との夢をちゃんと実現して……。ありがたいこと。ほんまにありがたいこと」

妙はディスプレイを愛《いと》おしげに撫でながら、涙をとめどなく流している。

「よろしおした」

流はホッとしたような顔を妙に向けた。

「それにしても、よう捜しだしてくれはりましたなぁ。記憶もおぼろげやし、たいしたヒントもなかったやろに。どんな魔法を使《つこ》うてくれはったんです?」

妙は白いハンカチで、丁寧にまぶたを押さえた。

「大きいヒントをもろうたんで、そない苦しまんと捜しだせました。大きい具がごろごろ入ったボルシチ、でピンときました」

「それだけで? どすか?」

「たまたまテレビで見てたんですけど、ボルシチはロシア料理か、ウクライナ料理か、っちゅう番組をやってましてな。そこで銀座の店のボルシチが紹介されてましたんや。このお店では今ではウクライナ風と二種類あるけど、創業当初はいなか風のボルシチ、つまり今食べてもろた、大きい具がごろごろ入ったボルシチだけやったんやそうです。ひょっとしてエレナはんが妙さんとこに持って来はったんは、これやないかと思いましてな。食べてみて確信しましたんやが、レシピの話を聞いてるうちに、エレナはんの話になりましてて。あんまりにもドンピシャやったんで、ちょっとびっくりしましたわ。これも縁っちゅうことですやろ。白之はんを想《おも》うてはる妙さんの気持ちが糸になって、順番に繋《つな》いでいったんや思います」

流は妙に柔和な笑顔を向けた。

「おおきに。わたしの気持ちをよう汲んでくれはりました。エレナさんがお元気で過ごしてはるのを聞いてホッとしました。そや、こいしちゃんにもお礼を言わな。こいしちゃん、おおきに。じょうずにボルシチできてましたえ」

妙が厨房を覗きこんだ。

「よかったです。内心ハラハラしてました」

厨房から出てきたこいしが、手のひらで胸を押さえた。

「おふたりのおかげで、あっちへ行っても白之に顔向けができます。長いあいだ背負うてた肩の荷が、やっとおりましたわ」

妙が長いため息をついた。

「最初に妙さんからお話を聞いたとき、なんぼお父ちゃんでも、こんなヒントだけでは絶対捜せへんわと思うてたんですけど。こういうことて、ほんまに縁なんやなぁ、て」

「不思議に思うてるんですけど、なんでその銀座のお店のボルシチだけは具が大きいんです？」

　妙が流に訊いた。

「創業者は満州《まんしゅう》に行ってはって、ロシア人街でボルシチに出会わはった。戦後に東京へ戻って再現したんやが、お腹いっぱいになるようにと、具を細こぅするロシア式やのうて、いなか風にアレンジしはった。それが名物になったっちゅうわけですわ。もしも妙はんが、具が大きかった、っちゅうことを覚えてはらへんかったら、捜しだせなんだ思います」

「そうどしたんか。味の記憶は頼りないけど、具が大きかったいうことだけは、なんでや知らん、はっきり覚えてたんですわ」

「それが糸になるんや。ほんまに不思議としか言いようがないですね」

　こいしは感心しきりといったふうに、何度も首を左右にひねった。

「いちおうレシピを書いときましたけど、お仏壇にお供えしはる分は用意しとります」

　流はファイルケースと保存容器を紙袋に入れ、妙に手わたした。

「なにからなにまで、おおきに。ありがとういただきます」

　妙は拝むような仕草をして受け取った。

「ここでこないして、答え合わせするのもこれが最後になるんやね」

こいしが流に顔を向けた。

「最後が妙さんでよかったな。終わりよければすべてよし、や」

目を合わせて流が大きくうなずいた。

「こいしちゃん、振込先教えてくれはる？」

「いつでもよろしいんでっせ。妙さんにはお世話になり放しでっさかい、ほんまにお気持ちだけで」

こいしがメモ用紙をわたすのを横目にして、流が言葉をはさんだ。

「銀座やら函館まで行ってもろたんやさかい、ちゃんとお支払いさせてもらいますえ」

妙はメモ用紙を財布に仕舞って、道行を羽織り、身支度を整えた。

「上のほうは寒ぉっしゃろな」

送りに出て、流が冬空を見上げた。

「朝起きたら白いもんがちらついてました」

妙が敷居をまたいで店の外に出た。

「やっぱり。覚悟して引っ越さんとあかんな」

こいしは身震いしている。

「こいしちゃん、引っ越しの日にちが決まったら言うてな。たいして役に立たんやろけど、お手伝いしまっさかいに」

「おおきに。よろしゅうおたの申します」

両手を前に揃《そろ》えて、こいしが深々と頭を下げた。

「そや。これを忘れとった。おわたししときますわ」

流がショップカードを妙に手わたしした。

「これは？」

妙は手にしたカードの裏表を交互に見ている。

「エレナはんがやってはる函館のお店です」

「『レストランベルーハ』。ロシア語ですやろか」

「アルタイ山脈で一番高い峰がベルーハ山やそうで、そのベルーハっちゅうのは、ロシア語で白い、ていう意味のベールイという言葉からきてるんやそうです。ベルーハ山の頂上は年中白い雪で覆われてるみたいです」

「白い雪……」

妙の瞳がみるみる赤く染まってゆく。

「機会があったらぜひ」

　こいしが言葉を添えた。

　時折振り返りながら、妙は正面通を歩いて家路についた。

　店に戻ったふたりは片づけをしながら、段ボール箱の山を横目で見ている。

「もうすぐ引っ越しやで、お母ちゃん」

　こいしが仏壇に向きなおった。

「掬子は寒いとこ好きやったさかい、喜びよるやろ」

　流が仏壇の前に座った。

「北海道やないんやさかい、そない寒いことないやろ。お母ちゃんの苦手な暑い日もあるで」

　こいしは流のうしろに正座した。

「置いていかんといてや、て言うとる。仏壇の引っ越しも忘れんようにせんとな」

　流が線香をあげた。

「忘れるかいな。お父ちゃんは置いていっても、お母ちゃんは絶対連れていくしな」

　掬子の写真を見上げ、こいしが手を合わせた。

番外編

鴨川食堂おでかけ

二皿目

流とこいしのひとりご飯

9軒目

京都の中華そば

京都にラーメン屋さんがようけあるのは、学生さんがたくさん住んではるからやそうです。

うちもラーメンが好きやさかい、ちょこちょこ行くんですけど、最近のラーメン屋さんて、凝り過ぎてはって疲れますねん。

せやからラーメンが食べとうなったら、もっぱらうどん屋さんへ行きます。ラーメンて呼びませんね。中華そば。一番よう行くのが『めん房《ぼう》やま

イラスト　小森のぐ

和食庵さら
住所：京都府京都市北区小山初音町９

Ｌ字形のカウンター席がわしの指定席。

近頃の和食屋はんは、たいていおまかせコース一本槍《いっぽんやり》で、あれこれ料理を選んで迷う愉しみがおへん。そこへいくとこの『和食庵さら』はアラカルトがようけあるので嬉しおす。

一杯やりながら、さぁて今夜は何を食べたろか、と品書きを見て、あれこれ迷うのが和食屋はんの醍醐味《だいごみ》ですわ。

刺身は何がええか、煮物はどないしょう。焼きもんにするか、揚げもんにするか、〆はどうするか。迷いだしたらきりがおへん。居酒屋でいうお通し、この店の先付けが徳利《とっくり》と一緒に出てきたら、まずは八寸《はっすん》を頼みますねん。懐石の八寸やと海と山のもんが二種類載ってるだけでっけど、この店の八寸は、季節の前菜盛り合わせ。

いっつも八品ほど、ちょこちょこっと盛ってあるんですが、どれも手が掛かってて、さすがプロの仕事やなぁと感心してます。五月に行ったときは、筍《たけのこ》の木の芽和え、稚鮎の山椒煮、鴨ロース、穴子の八幡巻《やわたまき》、蒸し海老《えび》てな酒のアテと鯛の粽寿司《ちまきずし》が、織部《おりべ》の角皿に載ってました。この盛付けがまた美しい。目と舌の両方で愉しめる八寸。勉強になります。

第三話　カレーうどん

1

白い三角巾をかぶった鴨川こいしは、新聞紙に包まれた食器を段ボール箱から取りだし、カウンターに並べている。

「浩《ひろ》さん、そっちの食器棚が済んだら次はこっちな」

「よっしゃ。どんどん出していってや」

「そないようけお守り買《こ》うたら、神さんどうしケンカしはるんと違う？」

こいしが曇らせた顔を向けると、流は一蹴した。

「神さんはそない度量が狭いことあらへん。仲よう助け合うて守ってくれはる」

流がそう言うと妙が苦笑いした。

「なんでも都合よう考えたらええ。さすが流はんや」

妙が流の肩を軽やかにたたいた。

「ぼくも早めにお詣りせんと、と思うてたとこです。代参してもろて助かりました」

浩が頭を下げた。

「わしは神さんにご挨拶しといたさかい、ご近所さんへの挨拶は頼んだで」

「分かりました。ここが片付いたらすぐに」

浩は器を包んでいた新聞紙を丸めて袋に入れた。

「うちも一緒に行くわ」

段ボール箱に貼られたガムテープをはがし、こいしは新聞紙に包まれた器を取りだした。

「ふたり一緒に行ったら夫婦やと思われるやろな」

浩はにやけた顔をこいしに向けた。

「胸に名札付けていかんとあかんな」

こいしは薄い目で浩を斜めに見た。

「こんなんで、あんじょうやっていけますやろか」

お手上げと言わんばかりに、流が両肩をすくめて妙に視線を向けた。

「わたしがせいだい、ふたりのおいどをたたいていきます」

妙が苦笑いを流に返した。

「ところで流さん、このあとお時間ありますか？」

浩が流に向きなおった。

「なんぼでもあるけど、なんぞ話でも？」

「捜して欲しい食があるんです」

浩が意味ありげな視線をこいしに向けた。

「仕事っちゅうことやと解釈してええんか？」

流がそう言うと、浩はこっくりとうなずいた。

「お父ちゃん、がんばって捜したげてや。この店の命運が掛かってるんやさかい」

こいしが浩と目を合わせた。

「この店と浩さんの捜してはる食と、どうつながるんや？」

流が首をかしげた。

「なんや知らんけど、責任重大でっせ。あんじょう捜したげなはれや」

今度は大きな音を立て、妙が流の肩をたたいた。

「店の命運てなこと言われたら、気合い入れんわけにいきまへんがな」

流は妙に苦笑いを向けながら肩をさすっている。

「善は急げて言うさかい、浩さん、ここはうちがやっとくし、お父ちゃんに話聞いてもらい」

「そやな。流さんも忙しいしてはるし、こういうチャンスを逃したらあかんよな。ほな、こいしちゃん悪いけどあとは頼むで。話が済んだらすぐに戻ってくるさかい」

浩は首に巻いたタオルを外した。

「離れのほうは片付いてますのんか？」

妙が心配そうに訊いた。

「まだちょっと整理できてへんとこもありまっけど、浩さんの話を聞くぐらいできるスペースはあります」

「それやったらええんやけど、よかったらうちを使《つこ》うてもろてもええんでっせ」

「おおきに、ありがとうございます。探偵事務所のほうにも慣れんとあきまへんし、浩さんには悪いけど実験台にさせてもらいます」

流がダウンコートを羽織った。

「ほな流さん、よろしゅうお願いします」

浩は白衣の上からスタジアムジャンパーを羽織った。

「行ってらっしゃい」

こいしと妙が声をそろえた。

店を出た流と浩は駐車場を通りぬけ、離れの玄関先に立った。

「この鍵が厄介なんや。なんせ昭和の遺物やさかいな。なかなか一発では開かん」

流は玄関戸の鍵穴に鍵を差しこみ、回そうとして苦戦している。

「交代しましょ。ぼくがやってみます」

浩が流と入れ替わると、カチッと音がして引き戸が開いた。

「ほう。一発で開いたな。むかしにこういう仕事しとったんやないやろな」

敷居をまたいで、流がじろりと浩を横目で見た。

「とんでもないです。まぐれですよ」

浩が流に続いた。

「ちらかっとるけど、気にせんときや。そっちの椅子に腰かけて、ちょっと待ってて。

お茶を淹《い》れるさかい」

　靴を脱ぐなり、流はまっすぐ台所に向かった。

「流さんにお茶を淹れてもらうやなんて、畏れ多いです。ぼくがやりますて」

　浩は慌てて流のあとを追った。

「いやいや、今日は浩さんはお客はんやさかいな。クライアントっちゅうやつや。まずはお茶かコーヒーを出す、てこいしが言うとった。どっちがええ？」

「せやさかい、ぼくがやりますて。流さん、どっちにしはります？」

　浩が水屋を開けてなかを覗《のぞ》きこんだ。

「ほなお茶を淹れてくれるか。ほうじ茶がええな。お茶っ葉はブリキの茶筒に入っとる。ヤカンはその小さいほうを使うてくれ。急須と湯呑《ゆのみ》は適当に選んでな」

　言い置いて、流は書棚からノートを取りだし、デスクの引き出しからボールペンを取ってチェアに腰かけた。

「さすが流さん、いい器がたくさんありますね。どの湯呑にしようか迷いますよ」

　浩は食器棚から湯呑を出してテーブルに並べている。

「器は趣味やさかいな。コツコツと買い集めてたら、山ほど溜《た》まってしもうて。これ以上買うても仕舞うとこないさかい、ここで売ろうかと思うてるんや」

「ほんまですか？　それ絶対ええと思います。探偵事務所で器も売ってるやなんて、めっちゃおもしろいですやん」

「冗談に決まっとるがな」

「なんや。本気やと思うたのに」

浩が砥部焼《とべやき》の急須にヤカンの湯を注《そそ》ぐと、芳《かぐわ》しい香りが漂いはじめた。

「ところで浩さんはどんな食を捜してるんや」

流は緊張した面持ちでノートを開いた。

「カレーうどんです」

浩は急須の茶をふたつの唐津焼《からつやき》の湯呑に注《つ》ぎ分けた。

「ええなぁ。わしも好物や」

「でしょ？　カレーうどん嫌いなひとて聞いたことないですわ。でもみんなそれぞれ思い描いてるカレーうどんは違ったりするから、それもおもしろいんですよね」

茶托《ちゃたく》に載せた湯呑を浩がテーブルに並べた。

「お客さんに茶を淹れさすやなんて、横着なことですまんな」

「とんでもないです。流さんにお茶淹れてもろたら口が腫れます」

浩がゆっくりと茶をすすった。

ぐらいで」

「浩さんが金沢へ出る前の日、っちゅうことは別れのときやな。そこでカレーうどんを一緒に食べた。そういうことか？」

「さすが元刑事さん。お察しのとおりです。八重さんがそういう場を作ってくれはりました」

「別れのカレーうどんか。辛いけど甘い。なかなかロマンチックやないか」

「茶化さんといてください。そのときは息苦しかったんですから」

「若いときは、しょっちゅう息苦しいなるもんや。ほんで、やっぱり辛かったか？　甘いことはないわなぁ」

「真剣に聞いてくれてます？」

浩が不満そうに唇を尖らせた。

「ちゃんと聞いとるで。刑事の尋問みたいになったらあかんさかい、ときどき冗談を交えとるんやがな。こいしのアドバイスやけど」

流が舌を出した。

「そしたら話を続けますけど」

浩は湯呑の茶を飲みほして言葉をつなぐ。

「うちの実家は魚の仲卸をしてまして、そのせいでぼくも小さいころから、魚をおろして焼いたり、煮炊きしたりして、料理は得意やったんです」

「そうか。それで金沢から京都へと移り住んで、料理の修業をしとるわけやな」

「たぶんその話も何度かしたと思いますけど」

浩が流に横目を向けた。

「その浩さんの腕を見込んで、竹山の叔父さんが店を継いでくれんかて頼んできはったんやな」

「なんで分かったんです？　そのとおりです。叔父さん夫婦には子どもが居なかったので。やっぱり元刑事さんやなぁ」

浩は感心したように何度もうなずいている。

「早苗さんと一緒になって、その食堂を浩さんが継ぐ。実家のご両親もそれでええと思うてはったんか？」

「はい。僕は三男坊ですから、家業を継ぐことも強制されず、好きにさせてもらいました。父と叔父の仲もよかったので、両親も食堂をぼくが継ぐことに大賛成でしたね」

「早苗さんと一緒に叔父さんの食堂を継ぐ。料理好きの浩さんにとっては、願ってもない展開やったはずやのに、今ここでこないしとる。なんでや？」

流が鋭い目つきで浩の顔色をうかがった。

「そんな怖い目で見んといてくださいな。容疑者やないんですから」

浩は思わず顔をそむけた。

「すまん。ついむかしのクセが出てしもうて」

流が頭をかいた。

「あのカレーうどんを食べたときは、一人前の料理人になって『竹山食堂』を継ごうと思ってたんです。三年か五年。かならず戻ってきて一緒にお店をするから待ってて。早苗ちゃんにもそう言ったのに、もう七年、いや八年か、経ってしまいました」

浩は指を折りながら遠い目を宙に遊ばせた。

「そのつもりやったが、金沢で修業してみたら、高みを目指しとうなった。鄙《ひな》びた町の食堂の主人では満足できんと思うようになった。そういうことやな」

「何もかもお見とおしで。おっしゃるとおり、金沢で修業しはじめて愕然《がくぜん》としました。なにもかもが違うんです。食材、調理道具、料理法、器、設《しつら》え、客層。こんな店で仕事できたら、どんなにしあわせだろう。でもあの食堂をそんな風に変えるなんて絶対無理だ。よしんば作り変えることができたとしても、あの町のお客さんには受け入れられないだろう。そう思いました」

一気に語った浩は空になった湯呑を持って立ちあがった。

「そう思うて当然かも知れんな。どっちが上やとか下やとかと違《ちご》うて、別もんやさかいに。穴水てな漁師町にはそれに似合うた料理があるし、百万石の文化が脈々と息づいとる金沢と違うて当たりまえや。ましてや京都の料理を見てしもうたら、よほどのことがない限り、故郷には戻れんやろ。人間っちゅうのは不思議なもんで、ふだん見慣れてるもんより、見慣れんもんが良う見えるんやわ」

流が諭すように言葉を返した。

「そうかもしれません。でも、自分の気持ちにうそはつけませんし。かと言って、正直な気持ちをそのまま早苗ちゃんや叔父さんに伝えるのも、なんか失礼な話やないかと思っているうちに、ずるずると」

茶を淹れた急須を手にした浩は、ふたつの湯呑に注ぎ分けた。

「叔父さんや叔母さん、早苗はんにはその後連絡は？」

「……」

流の問いかけに浩は無言で首を横に振った。

「イエスともノーとも言わんと、今日まで来た、っちゅうことかいな。へびの生殺しやないか」

「すみません。優柔不断と言われるでしょうが、自分でもまだはっきりと白黒付けられてないので」

「わしに謝ってもしゃぁないがな」

流は苦笑いしながら茶を呑《の》んだ。

「そうでしたね」

浩もおなじように茶をすすった。

「おおかたの話は分かった。で、肝心のそのカレーうどんやけど、どんなもんやった？　味とか見た目とか、覚えてることだけでええさかい、話してくれるか」

「そこなんです。いつもは食べることに集中してるので、はっきり覚えてるんですけど、そのときは気持ちが乱れてていうか、頭のなかが混乱してて、ほとんど記憶にないんです。細切れ肉と青ネギが入ってて、甘辛い味だった、ぐらいで。うどんも細麺だったような気もしますし、中太だったような記憶もあって。それほどスパイシーじゃなかったことは間違いないのですが」

浩は何度も首をひねりながら答えた。

「要するに、ふつうのカレーうどんやった、っちゅうわけやな。けど馴染《なじみ》の食堂やったら、そのとき以外にも食べとったやろ。それやのに覚えてへんのか?」

　流が茶をすすった。

「実は『竹山食堂』では一度もカレーうどんを食べたことがなかったんです。好物のオムライスばっかり食べてたもんで。たまにカレーを食べるときはカツカレーでしたから、後にも先にもあの店でカレーうどんを食べたのは、そのときだけだったんです」

　浩が湯呑を茶托に置いた。

「どっちみち、その『竹山食堂』が今でも営業しとったら、すぐに捜しだせる案件や。もしも店仕舞いしてはったら、縁をたどって捜さんならんのやが、浩さんの名前を出すわけにはいかんやろな」

「それだけはかんべんしてください。不義理したままな上に、ひきょうなことまでしてると思われるでしょうし」

「ほな内密に進めるわ」

「すんません、無理言うて」

「食堂を続けてはったらええんやが」

「たぶん続いてると思います。って希望的観測に過ぎませんけど」

「ところで、そのときカレーうどんを食べたんは、早苗はんと浩さんのふたりだけか？」

「いえ。叔父、叔母、早苗ちゃんのお母さんも一緒でしたから、ぼくを入れて五人で食べました」

浩が指折り数えた。

「そうか。ふたりだけやなかったんか」

流は小さくうなずいた。

「早苗ちゃんだけだと頼りないと思ってたんでしょうね。四方八方から攻められながら、カレーうどんを食べました」

浩が半笑いした。

「そんな状況やったら、たしかに味どころやないわな。けど、ほかのひとはどうやったんやろ。旨《うま》いとか辛いとか言うてはらなんだか？」

「それどころじゃなかったので、周りの反応はまったく……。そう言えば早苗ちゃんはぼくに感想を聞いてたような気がします。美味《おい》しいか？　って」

「なるほど。ほかには？」

流が訊くと、浩は黙って顔を横に振った。

「カレーうどんのことは分かったんやが、浩さんはなんで今になって、それを捜そうと思うたんや？　差しさわりがないようやったら聞かしてくれるか」

ノートを閉じて、流が浩の目をまっすぐ見つめた。

「さっきも言いましたけど、こいしちゃんと食堂をやるてなって、これを解決せんと、と思うようになったんです。このことはずっとこの辺に引っかかってました。けど、まぁええか、まぁええか、て先送りしてるうちに今になった、ていう感じです」

浩は喉仏をさすっている。

「つまり、穴水に帰って早苗はんとその食堂を継ぐかどうか、ずっと迷い続けてるっちゅうことか？」

「迷ってはいない、んです。仮に郷《さと》に帰ったとしても、あの食堂を継ごうとは思いませんし、早苗ちゃんのことも、もう……」

浩が目を伏せた。

「そのカレーうどんを捜してきたとして、それを食べたらどないなる？」

「分かりません。ただ……」

「ただ？」

身を乗りだし、流が語気を強めた。

「取り調べみたいですね」

大きく息を吐いて、浩が椅子の背にもたれかかった。

「すまん。むかしのクセはなかなか抜けんもんやな。やっぱり聞き役はこいしのほうが向いとる」

「いや。こいしちゃんには話しにくいこともありますから、流さんでよかったです」

「もういっぺん訊くけど、早苗はんとはそのあと、会うたりはしてへんのか？」

「一度も会ってません。それは断言します」

浩がきっぱりと答えた。

「どっちにしても、穴水へ行かんことには話が始まらんな。なんとか開店までに間に合うようにするさかい、食堂のほうの準備は頼むで」

「分かりました。こいしちゃんと一緒にがんばります」

中腰になって浩が胸を張った。

2

さすがに奥能登まで来ると寒さの質が違う。京の底冷えとはいうものの、凍り付くような空気がこれほどまとわりつくことはない。

金沢を経由し、のと鉄道の終着駅である穴水駅に降り立った流は、ダウンコートのジッパーを首まで上げて雪道を歩きだした。

浩がカレーうどんを食べたという『竹山食堂』は、予想通り今でも営業を続けていた。場所は穴水駅から三百メートルほどらしい。いくら雪道でも歩いて五分と掛からないだろう。

朝八時から夜七時まで開けているというから、典型的な駅前食堂だ。

問い合わせをしたとき、電話口に出たのはたぶん早苗だ。浩とおなじ歳《とし》くらいと推察される、若い女性は快活に受け答えした。

さほど広くない通りに面した店は、前に駐車スペースがあり、小ぢんまりした店の窓には営業中の木札が掛かっている。木のベンチが置いてあるのは、待ち客用だろうか。

暖簾《のれん》をくぐり、流が引き戸を開けた。

「いらっしゃい」

声の主は思いがけず若い男性だ。

昼の時分どきにはまだ早いせいか、先客はふたりだけだった。

店の一番奥にある、白いデコラ張りの四人掛けテーブルを流が指さした。

「ここでもよろしいかいな」

「どうぞどうぞ」

若い男性店員が水の入ったガラスコップをテーブルに置いた。

「カレーうどんを頼みますわ」

ダウンコートを脱いで、流が椅子に腰をおろした。

「すみません、カレーうどんは今やってなくて。カレーライスならできますけど」

想定していなかった事態に、流は思わず声を上げた。

「え？　メニューにも書いてありますがな」

流は壁に掛かったメニューを指さした。

「すんません。横に小さい字ですけど……」

ジーンズに白衣を着た男性は、申しわけなさそうに声を落とした。

たしかに男性の言うとおり、よく見ると〈現在休止中〉と但し書きが付け加えてある。

へんに怪しまれないようにと、カレーうどんがメニューにあるかどうかを、事前に確かめなかったことを悔いたが後の祭りだ。

「残念無念やなぁ。ここのカレーうどんが旨いと聞いて、京都から来たんやが」

「京都から、ですか。ほんとうに申しわけありません」

男性は注文伝票を持ったまま、厨房を覗きこむように身体《からだ》を曲げた。

「どないしようかいな。腹は減っとるんやが、口はカレーうどんになっとるさかい」

「ちょっと待ってください。女将《おかみ》に訊いてきます」

急ぎ足になった男性は、厨房との境に掛かる暖簾をくぐった。

思わぬ展開に、流は戸惑いを隠せずにいる。

壁に掛かる黒い木札のメニューにも、テーブルに置かれたプラケースのメニューにも、はっきりとカレーうどん六百円と書かれている。ただ、男性店員の言うとおり、薄く小さい字で但し書きが加えてある。

なぜなのか。流はその理由に思いをめぐらせたが、答えらしきものは、まったく浮かんでこなかった。

「もしよかったら、カレーライスのライスの代わりにうどんにしましょうか、と女将が言ってますけど」

男性店員の言葉に、流はとりあえず妥協した。とにかくどんなカレーかを食べてみないと、と思ったからだ。

「ほな、それで頼みます」

流がそう答えると、男性店員はホッとしたような顔で厨房に戻っていった。

しんしんと冷えてはいるが、暖房がよく効いていて、寒さは感じない。

あらためて店のなかを見まわしてみると、『鴨川食堂』に似たようにも、まったく違うようにも見える。

品書きが並ぶ壁には、船が描かれた絵馬が何枚も吊るされている。

どうやら海鮮丼を売りたいようで、写真付きのメニューが何枚も壁に貼ってある。

だが店の思惑とは違い、ふたりの先客が食べているのはラーメンと、浩が言っていたいなり丼のようだ。

ふたりとも地元の常連客なのだろう。コミックや新聞を読みながら、ゆっくりと箸を動かしている。

やがて厨房からカレーの匂いが漂ってきた。流は鼻をひくつかせ、調味料を推しはかった。

「お待たせしました。熱いのでお気を付けてお召しあがりください」

男性店員がテーブルに置いた鉢には、黒っぽいカレーがたっぷり入っていて、うどんは一本も見当たらない。もうもうと湯気が上がっている鉢は手で触れないほど熱い。

流は割箸を割り、手を合わせてから黒いカレーにまみれたうどんを掬《すく》いあげ、息を吹きかけて冷ましながら、ゆっくりと口に運んだ。

「旨い」

思わず声を上げると、伝票に書き込んでいた男性店員が振り向いて笑顔を見せた。

小さく会釈して、流はレンゲでカレーを掬い鼻先に近づけた。

今どきのスパイシーなカレーとは対極にあるような香りは、むかしながらの、というよりむかしのカレーそのものだ。

なめてみると、その思いはいっそう強くなる。おそらくは缶に入ったカレー粉だけを使い、余計なスパイスなど一切入っていないのだろう。その潔さが却《かえ》ってカレーらしさを引き出している。

しかし、と流はレンゲを置く。これを出汁《だし》で割って、葛《くず》を引けばどうなるだろう。中途半端な味になりそうだ。

ということは、浩が食べたカレーうどんとこれは別ものだろう。

このカレーをベースにして和風に仕上げたものとカレーうどんは別ものだから、メニューに載せていないに違いない。それはなぜなのか。

うどんをすすりながら、方策を練ってみるものの妙案は浮かばない。

半日掛けて穴水まで来て玉砕か。

甘辛いカレーうどんを食べたにもかかわらず、苦いあと口が残った。

「あの絵馬は近所のお宮はんのでっか？」

男性店員に訊いた。

「はい。〈大宮《おおみや》〉さんの絵馬です」

「諸願成就。願いはまだ叶《かな》わんのですやろかな」

「どうなんでしょう。八枚数えてこれで最後かなと女将が言ってましたけど」

男性店員が目で絵馬の数を数えた。

「ごっつおはん」

このあとどうするか。なんのアイデアもないが、とにかくこの場はいちおう退散するしかない。

勘定を済ませ、店の外に出ると雪がちらつきはじめた。

「なるようにしかならんわな」

冬空を見上げて、流は駅へと戻る道を歩きはじめた。

まだ昼前だ。今から戻れば今日中に京都に帰れるが、なにひとつ収穫なし、手ぶらで帰るのも悔しい。とは言え、このまま穴水に留《とど》まったとしても、無駄なように思える。さて、どうするか。

「とりあえず泊まっていくか」

駅で切符を買おうとして思いとどまった流は駅員に宿の在《あ》り処《か》を訊《たず》ねると、返って来たのは素っ気ない答えだった。

「ビジネスホテル的な宿泊施設はありません。民宿か小さな旅館ぐらいしかないのですが、営業してるかどうか分かりませんよ」

「民宿でもなんでもええけど、ここから近いとこでどっかありまへんか？」

流が食い下がると、思いも掛けない話が返ってきた。

「でしたら、この先に『竹山食堂』という食堂があるのですが、その二階が民宿になってるので聞いてみたらどうですか？」

灯台下暗し、とはこのことだ。あの食堂が経営する民宿なら、なにか収穫があるかもしれない。

直接出向いてもいいのだが、さっきの今だから不審がられるかもしれない。電話で予約を試みると、素泊まりならということで了解を得た。ただし準備があるのでチェックインは夕刻になるという。それまで時間を潰すのに難渋するかもしれないが、ここは流れにまかせるしかない。

駅員に訊ねると、名物は牡蠣《かき》だと言い、少し離れた場所にはワイナリーもあるとの答えが返ってきた。

足が棒になるほど歩き回った刑事時代を思えば、小さな町を歩いて辿《たど》ることなどお手のものだ。

まずはしかし、町の全容をつかまねば、と駅前の観光タクシー会社に立ち寄り、一時間ほどの案内を乞うた。

刑事時代も、料理人になってからも、くまなく日本中を歩いたつもりだったが、まだまだ知らないところがたくさんある。わずか一時間ほど穴水を回っただけでそう思った。

とりわけ印象に残ったのは海に浮かぶオブジェだった。オブジェと言っても、今流《は》行《や》りのアート作品ではなく、日本最古とも言われる漁法の遺構だ。往時の姿を思い浮かべながら、じっと見つめる流はそこにひとの思いを重ねていた。

日の長い夏でなくてよかった。夕刻、チェックインの時間になると、流はそう思いながら宿に荷物をあずけ、宵闇が迫る穴水の町に繰り出した。

やたらと寿司屋《すしや》が目立つのは港町ならではのことか。かたくなに江戸前にこだわるわけではないが、ネタの大きさと新鮮さだけを誇るような寿司を好まない流は、焼鳥の字が躍る居酒屋の暖簾をくぐった。

さほど広くない店は七分ほどの入りで、すでに顔を赤く染めたグループ客が、小上がり席で談笑している。

コの字形のカウンターは十席ほどあって、ひとり客が四人、離れて腰かけている。

流は右端の空席に腰をおろした。

「いらっしゃい。おひとりさん?」

主《あるじ》らしき年輩の板前が訊いた。

「気ままなひとり旅ですわ。熱いとこ一本つけてもらえまっか」

流は脱いだダウンコートをハンガーに通し、壁のフックに掛けた。

「関西のお方ですね。辛口がよろしいですか?」

「カウンターどうぞ」

「失礼します」

隣に腰かけた男性に流は見覚えがあった。

「あ、先ほどのカレーうどんの」

男性も流に気付いたようだ。

「さっきはどうも。この町が気に入ったんで、泊まることにしましたんや」

「じゃあ、ひょっとして今夜うちの旅館に泊まる、っていうお客さんは……」

「鴨川流と言います。ひと晩やっかいになりますんでよろしゅう」

「そうでしたか。京都の鴨川さんって冗談かと思ってました」

「まぎれもの本名でっせ」

流が名刺を差しだした。

「『鴨川食堂』っていうことは、料理人さんなんですね。そうとは知らず失礼しました。ぼくは辰巳晋《たつみすすむ》と言います。すみません、名刺も持ってなくて」

辰巳は両手で名刺を持ったまま、中腰になって頭を下げた。

「なんにも謝ってもらうことはおへんがな」

流は杯に残った酒をゆっくり飲んだ。

「お待たせしました。お酒のお代わりと、焼鳥です。どうぞごゆっくり」

女性が流の前に置いた。

「女将さん、こちらは鴨川さん。京都でお店をやってられるプロの料理人さん。うちのカレーうどんを食べたいって来られたんです」

辰巳が流を女将に紹介した。

「これはどうも、遠いところから穴水まで。うちの料理なんか京都のお店と比べるのも恥ずかしいくらいで。この店の主の濱田《はまだ》です」

カウンターのなかから主人の濱田が挨拶した。

「こんな田舎町ですけど、どうぞゆっくりしていってください」

女将が店の名刺を流にわたした。

「料理人てなこと言われると恥ずかしいですわ。しがない食堂の主人でっさかい」

流は手酌酒をした。

「いやいや、京都はすごいところですから、食堂と言っても予約が取れない人気店があるって聞いたことがあります。生中ください。それとズリ刺し、唐揚げ大、ご飯大盛り、貝汁もつけてください」

辰巳がメニューを見ることなくオーダーした。

「いつもの、でいいよ。毎回おんなじなんだから」

主人が苦笑いした。

「最近はそういう食堂もどきもありまっけど、うちは正真正銘の食堂でっせ。カレーうどんも頼まれたら作りますわ」

流が横目で辰巳を見た。

「ほんとうにすみませんでした。でも、うちのカレーうどんって、今は出してないし、京都から食べに来られるほど有名じゃなかったと思うんですけど。むかしの評判をネットとかでご覧になったんですか？」

ジョッキを片手にして辰巳が訊いた。

「うちの店のお客さんから言われましたんや。穴水行くんやったら『竹山食堂』のカレーうどんを食べてこいて」

「へえー、そんなひとが居るんですか。うちの食堂の名物っていうわけでもないんですが」

小首をかしげた辰巳は、ゆっくりとジョッキをかたむけた。

「メニューに載ってるのに作らへん、て、なんぞわけでもあるんでっか？」

流が前を向いたまま訊くと、主人は一瞬、流に視線を向けた。

「よく分かりましたね。ちょっとした訳ありなんです。と言っても詳しくは分からないんですが。女将さん、生中お代わり」

辰巳は空になったジョッキをカウンターに置いた。

「ほう、訳ありでっか。気になりますなぁ」

流は食べ終えたネギマの串を串立てに入れた。

「ぼくが『竹山食堂』で働くようになったとき、すでにカレーうどんは作ってませんでした。でもメニューから削除しないんです。なぜですか、って女将さんに訊いても、いつか復活するかもしれないから、としか言ってくれないんです。なんとなくこの話題に触れちゃいけないような感じで。特に復活を望んでいるお客さんもおられるようには見えないし、不思議だなぁと思いながらも、まぁ、どうでもいいことのようにも思えて」

「なるほど。ひょっとして辰巳はんは、女将はんに惚《ほ》れてはるんと違いますか?」

流が辰巳のほうに向きなおった。

「晋ちゃんは根が正直やから、すぐバレちゃうんですよね。顔に書いてあるよ」

女将が笑いながらジョッキを辰巳の前に置いた。

「そんな……」

辰巳が顔を真っ赤に染めた。

「今日は早苗ちゃんはあっち？」

殻付きの牡蠣を網に載せて、主人が辰巳に訊いた。

「ええ。今日はヘルパーさんがお休みなので、家に帰ってお母さんの面倒をみるって」

顔を曇らせて辰巳が答えた。

「早苗ちゃんも大変だねぇ。お店もお母さんも、だし。早く身を固めりゃいいのに」

女将が辰巳に流し目を送った。

どうやら早苗の母は介護が必要な状態のようだ。つまりあの食堂は早苗が切り盛りし、それを辰巳がサポートしているのだろう。

「辰巳はんも料理を作ったりしはるんでっしゃろ？」

「麺を茹《ゆ》でたり、忙しいときは少し手伝いますが、基本は女将がひとりで作ってます。いちおうぼくも調理師の免許は持ってますけど、まどろっこしいんでしょうね。自分でやったほうが早い、っていつも女将に言われてます」

辰巳が寂しげにうつむいた。

「そこで引っこむからダメなのよ。おれにまかせろ、ぐらい言わないと。きっと早苗ちゃんはそんな言葉を待ってるんだと思いますよ」

女将が辰巳の前に大盛りの飯と汁椀《しるわん》を置いた。

「唐揚げの大盛りお待ち」

カウンター越しに主人が差しだした皿には、千切りキャベツを下敷きにし、山盛りになった唐揚げが載っている。

辰巳は待ってましたとばかり、唐揚げをひと切れ箸でつまんで口に放りこんだ。

「飯を食うときだけは素早いんだけど」

横目で辰巳を見ながら、主人は苦い笑顔を女将に向けた。

「ほんと。肝心のことになると、なかなか動かないんだから」

女将が湯呑に茶を注いで、汁椀の横に置いた。

辰巳はまるでアスリートのように、白飯をかっこみ、次から次へと唐揚げを口に入れ、合間に貝汁をすすり、黙々と食べ進める。

「ちゃんと嚙《か》まないとお腹《なか》を壊すよ」

女将が湯呑に茶を注ぎ足した。

「早く店に戻って明日の仕込みをしないと、女将さんに迷惑掛けますから」

わき目もふらず、という言葉がふさわしい食べっぷりに、流は目を細めている。

「わしもその貝汁をもらえまっか」

流は空になった辰巳の汁椀を覗きこんだ。

「今日は牡蠣汁になりますがよろしいですか？」

主人が訊いた。

「願ってもおへん」

「承知しました」

主人は素早く小鍋を火にかけた。

「ごちそうさま」

あっという間に食べ終えて、辰巳が立ちあがった。

「おそまつさま」

すかさず女将が伝票を差しだすと、辰巳は勘定を済ませ、流に一礼して店を出て行った。

「いっつもこんな感じでっか」

引き戸が閉まるとどうじに流が訊いた。

「ひとりのときはいつもこんなですよ。早苗ちゃんが一緒だと長《なが》っ尻《ちり》なんだけど」

器を下げながら女将が答えた。

「不思議なひとでんなぁ」

「どっちがです？　晋ちゃんが？　早苗ちゃんが？」

汁の味をみながら主人が訊いた。

「両方違いまっか」

流が笑うと、主人も声を上げて笑った。

「早苗ちゃんはまじめ過ぎるんだよ。律儀もほどほどにしないと」

ダスターでカウンターを拭きながら、女将がぼやいた。

「それが早苗ちゃんのいいところなんだから。そのうち時効になるよ。お待ちどおさま。熱いので気を付けてください」

主人が貝汁椀を流の前に出した。

椀のふたをはずすと、透き通った澄まし汁があらわれた。具はなにも入っておらず、刻み柚子《ゆず》が浮かんでいるだけという潔さだ。

「しみじみと旨い澄まし汁ですなぁ」

ひと口すすって、椀を手にしたまま流は頬をゆるめた。

「ありがとうございます。牡蠣がいい仕事してくれただけで」

主人は鍋で牡蠣を煮詰めている。

「時雨煮《しぐれに》でっか。ご飯のおともにぴったりでっしゃろな」

「ええ。最初に酒で蒸すんですが、今日の貝汁はそのときに出たエキスを汁に仕立てたものです」

「なるほど。出汁は昆布だけでっか？」

「さすがは料理人さん。そのとおりです」

「すっきりしててよろしいな」

「牡蠣と昆布の相性がいいんでしょうね」

「この貝汁にうどん入れたら旨いでっしゃろな」

「はい。早苗ちゃんのお母さんもそう言ってました。早苗に教えて真似《まね》てもいいですか？　って言うから、どうぞどうぞと言ってやりましたよ」

「みな考えることはおんなじですな」

料理人どうしならではのやり取りが続き、流の頭にひとつの仮説が浮かんだ。

刑事時代の聞き込みや事情聴取をしたときの経験から、耳に残ったキーワードをパッチワークのように貼り合わせ、ひとつの仮説を立てるのが、流のやり方だ。

そしてその仮説の裏付けを取ることで結論にたどり着くのだが、依頼人である浩からは、捜し人が自分であることは秘匿したいと言われているから、裏付けを取ること

レーうどん。

は難しい。

律儀、時効という言葉に、メニューに残っていながらも、今は提供されていないカ
昼間見た海の光景が重なる。

深酒は禁物とばかり、流は早々に勘定を済ませて立ちあがった。

「せっかく京都からお越しいただいたのに、たいしたご馳走《ちそう》も出せなくて申しわけありませんでした」

カウンターのなかから主人が深々と頭を下げた。

「とんでもおへん。京都では食えん、旨いもんをたんといただきました」

流がダウンコートに腕を通した。

「たいした観光地もないし、つまらなかったでしょう?」

女将が見送りに出てきた。

「いや、あの海のオブジェ、ええもんを見せてもらいました」

「海のオブジェ? ああ、あれね。使わなくなったものをいつまでも置いておかなくてもいい、という声もありましたけど、なかなか踏ん切りが付かないんでしょうね。穴水のひとはみんなあきらめが悪いんですよ」

女将が苦笑いを浮かべたのを見て、流は仮説が正しいことを確信した。

3

『鴨川食堂』の新装開店まで秒読みとなったこの日の昼下がり。流は離れの探偵事務所に浩を招いた。

「ごくろうはん。いよいよやな」

「やり残してることがたくさんあるのに、気ばかりあせって」

浩が腰の前掛けを取り、ていねいに畳んで椅子の上に置いた。

「なるようにしかならんのが世のなか、っちゅうもんや。完璧を求めたら疲れてまうで」

流は茶を淹れている。

「で、どうでした？　見つけてもらえました？」

椅子に腰かけて、浩が身を乗りだした。

「まぁ、そないあせらんでええがな。昼ぐらいゆっくり食べなあかん」

「早いこと済まして、こいしちゃんと交代してあげんと」

浩がせわしなく茶をすすった。

「すぐにカレーうどんを用意するさかい、それまでこれ食べといて」

流は小ぶりのわっぱ弁当を浩の前に置いた。

「ひょっとして、流さんの手作り弁当ですか？」

浩が高い声を裏返した。

「たいしたもんやあらへん。うどん待ちの手慰みや」

「すごいご馳走やないですか」

蓋をはずして浩が目を輝かせた。

「牡蠣の時雨煮、鶏ささみの梅和え、小海老《えび》の天ぷら、出汁巻き玉子のなかにはカラスミが入っとる。鰆《さわら》の幽庵《ゆうあん》焼き、千枚漬け、イナリ寿司は小さいのが三つ。姫弁当っちゅうとこやさかい、あとでカレーうどんも充分入るやろ」

「ありがとうございます。こんなお弁当を流さんに作ってもらって食べるなんて、こいしちゃんに申しわけないです」

「こいしにはいっつもメシ作ってやってるんやから遠慮は要らんで」

流は大鍋に湯を沸かしている。

「じゃあ遠慮なくいただきます。どれから箸を付ければいいか迷いますね」

浩は箸を持ったまま、わっぱ弁当を真上から覗きこんだ。

「穴水っちゅうとこは寒いとこやな」

流は大鍋にうどんを泳がせた。

「わざわざ穴水まで行っていただいて、ありがとうございます」

箸を置いて立ちあがった浩が一礼した。

「最初に断っとくけどな、『竹山食堂』でカレーうどんは食えなんだんや。メニューには載っとるんやが、休止しとるていうことでな」

流は太箸を使って大鍋のなかのうどんをほぐした。

「そうでしたか」

浩はがっくりと肩を落とした。

「せやから、これから食べてもらうカレーうどんは、わしの推測に過ぎん。ひょっとしたら的外れかもしれんていうことを承知のうえで食べてくれるか」

「分かりました。でも名刑事だった流さんの推測ならきっと当たっていると思います」

浩はイナリ寿司を手でつまんで口に入れた。

「浩さんの味の記憶力がどれぐらいあるか、に掛かっとるけどな」

流はうどんを一本掬いあげ前歯で噛んだ。

「プレッシャーですね」

浩は肩をすくめ、牡蠣のしぐれ煮を箸でつまんだ。

「聞いてはおったけど、穴水の牡蠣はええな。それも向こうで買うてきたもんやで」

流は雪平鍋に出汁をはって火を点《つ》けた。

「子どものころは牡蠣がおやつでした。自分で殻をむいて、ちゅるっと食べる。今思うとぜいたくな話なんですけど、子どもとしては牡蠣よりケーキや饅頭《まんじゅう》が食いたい。また牡蠣か、なんて言ってました。しかしこれ旨いですね。牡蠣のエキスが凝縮して、胃のなかに沁《し》み込む感じです」

「そろそろカレーうどんができ上がるさかい、お茶を飲んで口のなかをリセットしてくれるか」

流はうどん鉢に湯をはって温めている。

「分かりました。いよいよですね」

浩は茶をすすって背筋を伸ばした。

流は鍋にカレー粉を入れ、水溶き片栗粉《かたくりこ》を流しこんだ。

「いい匂い。カレーライスとはまた違う香りなんですよね。お出汁とカレー粉が混ざりあって」

浩はうっとりと目を閉じた。

流は鉢にうどんを盛り、雪平鍋の出汁つゆをたっぷりとはって、テーブルの上に置いた。

「具は鶏の細切れ肉に青ネギだけ。こんなんと違うたか？」

「たしかにこんなだったような気がします。心していただきます」

浩は両手を合わせ頭を小さく下げた。

「ゆっくり味おうてや」

流は盆を小脇にはさんで流しに向かった。

浩はカレーうどんに目を落とし身じろぎもせず、じっと見つめている。

芳ばしい香りが漂い、立ちのぼる湯気のなかに遠い日の思い出を重ねているのだろうか。

やがて両手で鉢を持ち上げ、ゆっくりとかたむけてつゆに口をつけた。

浩の表情をうかがうように、こわごわ覗きこむ早苗の顔が浮かぶ。

箸を手にした浩はうどんを掬いあげ、二、三度息を吹きかけてから口に運んだ。

こんな味だったのか。想像を超える奥深い味わいに感嘆しながら、これは完全に流の創作ではないかとの思いも、浩の胸中に去来する。

『竹山食堂』はどこにでもある、いたってふつうの食堂だった。なにを食べても美味しかったのはたしかだが、図抜けた店ではなく、あの程度の食堂ならごまんとある。

だがもしこのカレーうどんがあれば、きっともっと話題になっているはずだ。

これほどレベルの高いカレーうどんをなぜ出さないのだろう。そして、それはいつからなのか。

気になるのは出汁だ。昆布を使っているだろうことはたしかだが、ほかはなにか分からない。カツオやサバは使っていないように思えるが、かと言って肉類のスープでもなさそうだ。具として鶏肉を使っているから、鶏の味はするものの、それ以外の味は感じられない。

いろんな疑問や思いが浮かぶなかで、もっとも気になるのは早苗の存在だ。流はまだそのことにひと言も触れていないが、彼女には会えたのだろうか。

食は捜してもひとは捜さない、というのが鴨川探偵事務所のポリシーだということは、こいしからもさんざん聞かされているから、ダイレクトに消息を訊ねることはできない。

「これの元になるカレーうどんを作ったのは、早苗ちゃんなのでしょうかね」

浩が探りを入れた。

「そこは分かりまへん。ヒントをもろた焼鳥屋の主人の話によると、お母さんの八重さんかもしれまへんし」

タブレットをテーブルに置いた流は、焼鳥屋で聞いた具汁椀の思い出を説明した。

「そうか。牡蠣のエキスがベースになってるんですね。それでこんな深みのある味になるのか」

浩は牡蠣の時雨煮を口に入れて、じっくりと噛みしめている。

「聞いた話から推測しただけやさかい、違うかもしれんで」

「たしかな記憶はありませんが、こういう味だったような気がしてきました」

「浩さんが店を継いでくれるんやったら、これを『竹山食堂』の名物にしようと思うてはったんやないかな」

「そうか、それでみんな一緒に食べたのか」

浩が膝を打った。

「浩さんがどんな反応をするか、叔父さん夫婦も早苗はんのお母さんも、もちろん早苗はんも、固唾《かたず》を呑んで見守ってはったんやと思う」

「でも、ぼくの反応は鈍かった」

「けど、浩さんの決意らしきもんは感じられた。せやからじっと待つことにしはったんやろなぁ」

浩と流のやり取りが途切れた。

浩は箸を持ったまま宙に目を留めている。

流はその様子を横目にしながら、タブレットの画面に指を滑らせている。

しばらく続いた沈黙を解きほぐすように、山鳥の鳴き声が庭から響いてきた。

「早《はよ》ぅ春になってくれ、て鳥が鳴いとるんやろな」

流が庭に目を遣《や》った。

「早苗ちゃんは六月生まれで、自分は苗代《なわしろ》から田んぼへ植えかえられる、稲穂と一緒なんだとよく言ってました」

浩もおなじ庭に目を向けた。

「どういう意味やろ」

流が首をかしげた。

「ずっとおなじ場所で育つのかと思っていたら、ある日突然引っ越しさせられる。一

番外編
鴨川食堂おでかけ
流とこいしのひとりご飯
三皿目

17軒目

京都のビフテキ

そこそこの歳《とし》になったら、肉は控えめにして、野菜やら魚をようけ食わんとあかん。かかりつけのお医者はんに行ったらいっつもそう言われまっけど、しょっちゅう肉を食うてます。焼肉もよろしいけど、やっぱり、こっちゅうときはテキですな。ステーキよりビフテキと言うたほうが京都に似合《にお》うてます。

『金閣寺』の近くに『ビフテキ　スケロク』いう洋食屋があるんでっけど、

イラスト　小森のぐ

ビフテキ スケロク
住所：京都府京都市北区衣笠高橋町1-26

ここのビフテキはむかしながらの味がします。

京都っちゅうとこは、和食が目立ちますけど、洋食も旨《うま》いんですわ。ハンバーグやとか海老《えび》フライやとか、この店の洋食は仕事がていねいやさかい、満足度が高い。念入りに仕込んどりますすんやろな。おなじ料理人として感心するのは、厨房《ちゅうぼう》の清潔さです。いつ行ってもピカピカに磨いてあります。厨房が清潔な店は間違いのう、旨いもんを食わしてくれます。

そない大きい店やおへん。赤いギンガムチェックのクロスが掛かったテーブルが四つほどですやろか。わしはいっつも一番奥の席で、シェフの仕事見ながら舌鼓を打ってます。

最初に頼むスープをひと口飲んだら、ほっこりします。夏場やったらビシソワーズ。ええ仕事してはります。サラダを前菜代わりにビールを飲んで、お目当てのビフテキを待ちます。

鉄板に載ったビフテキはええ匂いしてます。肉の上にレモンとバターが載って、いかにもテキ！　っちゅう感じですわ。ナイフで切ってフォークで口に運んだら、もうたまりまへん。これにライスがよう合うんです。焼き加減もぴったりで、これがプロの仕事です。

18軒目

京都の懐石弁当

イラスト　小森のぐ

子どものころからお弁当が大好きですねん。

お母ちゃんが作ってくれはったお弁当は、いっぺんも残したことありませんし、最近やったらコンビニで売ってるお弁当もよう食べます。ちょっとずついろんなおかずが入ってるのを、見ただけでワクワクします。

理想を言うたら老舗《しにせ》の和食屋さんが作ってはるお弁当。うちが一番好きなんは『懐石 辻留《つじとめ》』さんの懐石弁当です。ご存じかどうか分かりませんんけ

うどんや ぼの
住所：京都府京都市左京区下鴨松ノ木町59

分どきにはたいてい行列ができてるくらいの人気店なんです。

お父ちゃんに似て、うちは並ぶのがほんまに苦手なんで、夜に行きます。カウンター席もあって、夜は〈よるぼの〉て言ううどん居酒屋になるんです。夜のメニューブック開いたら、初めてのひとはみんな驚かはるぐらい、日本酒からワインまで置いてはるし、ようけ一品料理があるんです。

寒いときは焼酎のお湯割りがよろしいね。おばんざい三種盛り合わせを頼んで、ひとり酒です。

湯豆腐やカキフライとか追加して、日本酒に切り替えるのが鴨川こいし流の冬飲みです。

〆の前に必ず注文するのが〈だし巻き玉子〉です。おうどん屋さんやさかい、ええお出汁が利いて絶品ですえ。ひとりやさかいハーフサイズにしてもろて、最後は〈京きざみあげカレーうどん〉て決めてます。

よそのカレーうどんて、具はお肉のとこが多いんですけど、京都はお揚げさんが主流です。

カレーの味が染みたお揚げさんとおネギだけでも充分やけど、ちくわ天をトッピングしたら、もう最高でっせ。

21軒目

名古屋の漬けマグロ

イラスト　植田まほ子

名古屋っちゅうとこは独特の食文化がありますな。俗に〈名古屋メシ〉と言われとる食いもんは、たいてい濃い味です。味噌《みそ》煮込みうどんやとか味噌カツ、あんかけスパゲティもそうですな。どれも京都の薄味と違《ちご》うて、しっかり味が付いとる。

名古屋に行ったら昼はそんなんばっかり食いますさかい、夜は酒がメインで、ちょこっとずつ旨いもんを食いたい。そういうときにピッタリな店

日本酒処 華雅
住所：愛知県名古屋市中区錦3-7-5 シャインシグマビル B1F

を見つけましたんや。

場所は名古屋一の繁華街、栄《さかえ》にもほど近い錦《にしき》ですわ。雑居ビルの地下にある『日本酒処　華雅《かが》』という日本酒の店なんでっけど、ちょっとした料理がどれも旨い。ありきたりの居酒屋料理とは、ひと味もふた味も違いますねん。

ひと仕事終えて、旨い酒をじっくり飲むのは、なによりの愉しみでっけどな、うるさいうんちくは嫌いですねん。その点この『華雅』はんは『義《ぎ》俠《きょう》』っちゅう尾張《おわり》きっての銘酒をメインに、選び抜いた酒を置いてはるんやが、美人ママはんは、余計なことは言わんと、気軽に飲ませてくれます。

いっつもひとりで行きまっさかい、ひとり用の〈重箱〉をまず頼みます。四角い箱に九種類の料理を詰めてあるんやが、見てるだけでも愉しいし、ちょっとずつ旨いもんを食えるのがうれしいんですわ。あとは江戸火鉢っちゅう卓上焜炉《こんろ》で銀杏炙《ぎんなんあぶ》ったりしまっけど、最近は〈漬けマグロと奈良漬〉にハマっとります。

わしと一緒でこの店のママはんも心底料理が好きなんでっしゃろな。この取り合わせは絶妙でっせ。よう考えはった思います。次来たときはどんなもんが出るやろ。愉しみにしとります。

22軒目

彦根城下の十割蕎麦

イラスト　植田まほ子

うどんは関西、蕎麦は関東や、てなんべんも言うてますけど、その境目やと言われとる関ケ原《せきがはら》にもほど近い、城下町彦根《ひこね》で、目をみはるような蕎麦に出会いました。

ＪＲの彦根駅から十五分ほど南西方向に歩くと、古い歓楽街の名残を留《とど》めてる街並みがありましてな、あてものうぶらついてましたら、見慣れん蕎麦屋ができとりまして、暖簾《のれん》に愛らしいイラストを添えて『Sobami』と

十割蕎麦 Sobami
住所：滋賀県彦根市河原１丁目1-29

書いてありますねん。

迷わず入ってみたら、カウンター六席ほどだけの小さい店ですけど、奥にガラス張りの蕎麦打ちコーナーがあって、間違いのう旨い蕎麦を食わせてくれる佇《たたず》まいです。

昼の品書きは〈せいろ〉と〈鴨《かも》せいろ〉だけ、っちゅうのも潔うてよろしいがな。なによりうれしいのは、〈そばがき〉や〈鴨ロース〉、〈鳥の肝煮〉てな、蕎麦前の逸品があることです。

こうなったら呑《の》むしかおへんがな。近江には旨い日本酒がようけありますんで、昼酒のあとに蕎麦を味わうてな贅沢ができるのもありがたいことです。ちょっとびっくりしたんは、主人がご婦人やということです。蕎麦打ちは力仕事でもありますさかい大変ですやろな。

昭和の香りがするレトロな店で、割烹着《かっぽうぎ》を着けた着物姿のご婦人手打ちの蕎麦に舌鼓を打ってると、殿さん気分になれてええ按配《あんばい》になります。

雰囲気だけやおへん。十割蕎麦はかなりのもんです。香りも喉越しも絶品。店主は元旅館の女将《おかみ》やったて聞いて、二度びっくりです。関東と関西の境目蕎麦をぜひ味おうてみてください。

23軒目

京都洛北の居酒屋鯖寿司

京都に来たらあれを食べんと。うちの女友だちがリクエストする食が、ちょっと変わってきました。

前は抹茶スイーツやとか、わらび餅や、かき氷ていう甘味が多かったんですけど、最近は餡《あん》かけうどんや、親子丼みたいな軽食系が増えてきました。一番多いのは鯖寿司《さばずし》です。いつの間にか京都名物になったみたいですね。

老舗の『いづう』さんやとか、鯖街道の終点に近い『満寿形屋《ますがたや》』さんが

イラスト　植田まほ子

居酒屋 岡田屋五郎
住所：京都府京都市北区紫竹東高縄町51-3

人気やけど、けっこうなお値段がします。

安ぅて美味しい鯖寿司をて訊かれたら、真っ先にお奨《すす》めしてるのが居酒屋さんの〆に出てくる鯖寿司です。

京都の居酒屋さんやったら、たいていメニューに載ってるはずですけど、うちのイチ押しは『居酒屋 岡田屋五郎』はんのそれです。

堀川通と今宮《いまみや》通の交差点から、ちょこっと北に上ったとこにあって、マンションの一階に暖簾が挙がってます。

観光客の姿はめったに見かけません。ほぼすべてが地元の常連さんです。テーブル席も四組ほどあって、家族連れもよう見かけます。

うちはいっつもカウンター席で、ご主人や奥さん、若いご夫婦の息の合《お》うた掛け合いを見ながら、あれこれ味おうてお酒を愉しんでます。

ポテトサラダや揚げゴボウサラダ、名物の蟹《かに》ミソクリームコロッケを食べて、お値打ちワインを飲んで、〆にかならず食べるのが鯖寿司です。

分厚い身で京都らしいあっさりした酢飯を包んだ鯖寿司は、一貫から注文できて、なんと一貫二百円ですさかい、ひとりご飯にはぴったりでしょ。

一貫はそのまま、もう一貫は炙ってもろて、二貫食べたら満腹満足です。

24軒目

豪華客船のハンバーガー

贅沢っちゅうもんとは縁のない一生を送った掬子ですけど、ただのいっぺんだけ、超が付くような豪華な旅を一緒にしました。『飛鳥《あすか》II』という豪華客船のクルーズですわ。

掬子が体調を崩しはじめた最初のころでした。死ぬまでに船旅をしてみたいて言いだしよってね。きっと先が短いことを悟ったんですやろな。

清水の舞台から飛び降りましたがな。ふたりして一張羅の服着こんで、

イラスト　植田まほ子

飛鳥Ⅱ
住所：世界中の海の上

横浜港の大桟橋から乗り込みました。最初はぎこちなかったんでっけど、だんだん慣れてきてね、到底わしら夫婦とは無縁やと思うてた船旅が、えらい快適になってきました。船旅っちゅうのもええもんですわ。

レストランもようけある上に、ふつうの食事代は船賃に含まれとるもんやさかい、船に乗ってるあいだ、ずっと食いっぱなしでしたわ。

三食以外にもスイーツやらの間食を愉しめるとこもありましてな、そこで食うたハンバーガーが、すこぶる旨かったんですわ。見たとこは小ぶりやけど、パテがしっかりしとりまして腹持ちもええんです。そのときのクルーズによって具が変わるみたいで、わしらが食うたんはビーフでした。

予算の関係で二泊三日の近場クルーズでしたんやが、海を見ながらふたり揃《そろ》うてパクついたハンバーガーは、一生忘れられん味でした。

そのあとは入退院を繰り返しとったんで、ふたりで旅行らしい旅行したんはあれが最後になりました。

『飛鳥バーガー』を食うてから何年になりますやろな。もういっぺん食うてみたいと思うもんの、なかなか叶《かな》いまへん。どこぞの探偵に頼んで、捜してもらおと思うとります。

25軒目

京都のおばんざい

イラスト　坂本ヒメミ

京都へ来たら絶対おばんざいを食べたい。友だちはみんなそう言わはります。けど、京都のおばんざいて家で食べるもんで、お店で食べるもん違うんです。お父ちゃんもいっつもそう言うてはります。

そう言うてるのに、どうしても食べたい、ていうワガママな友だちのために見つけといたんが『うたかた』ていうお店です。

特におばんざいて謳《うと》うてはるお店やないんですけど、カウンターにずら

うたかた
住所：京都府京都市北区紫竹西桃ノ本町53

っと並べてある鉢や大皿には、友だちが好きそうな、いわゆるおばんざいが盛られてます。

おかぼの炊いたん、伏見《ふしみ》とうがらしの焼いたん、小芋の煮付け、にしんとお茄子《なす》の炊いたん、豆アジの南蛮漬け、タコとキュウリの酢のもん。目移りします。

お店は今度移転する上《かみ》のほうにあって、うちから歩いて行ける距離ですねん。

大宮通の北山通を下って東に入ったとこにあるんですけど、むかしながらの京町家で、靴を脱いで上がりこむようになってます。

着物に割烹着を着けた、上品な女将さんが迎えてくれはります。

大きめのテーブル席があって、奥にも坪庭が見える個室があります。そのあいだに掘りごたつ式のカウンター席があるので、ひとりで行くときは、いっつもその端っこです。そう、なんやかんや言いながら、お気に入りの店やさかい、気が向いたらひとりでご飯食べしてます。

おばんざいのほかに、女将さんの手作り餃子《ギョーザ》やらハンバーグもあるし、〆のお茶漬けも絶品なんです。京都に来はったらぜひ。

《初出》

第一話　紅白餅	「STORY BOX」2023年3月号
鴨川食堂おでかけ　一皿目	「STORY BOX」2020年6月号～2021年1月号（不定期掲載）
第二話　ボルシチ	書き下ろし
鴨川食堂おでかけ　二皿目	「STORY BOX」2021年2月号～2021年11月号（不定期掲載）
第三話　カレーうどん	書き下ろし
鴨川食堂おでかけ　三皿目	「STORY BOX」2021年12月号～2022年8月号（不定期掲載） ※25軒目のみ書き下ろし

※本作品はフィクションです。また、本文中に登場するメニューや価格は全て取材当時のものとなります。予めご了承ください。

海近旅館

柏井　壽

ISBN978-4-09-406812-2

亡き母の跡を継ぎ、東京での仕事を辞め静岡県伊東市にある「海近旅館」の女将となった海野美咲は、ため息ばかりついていた。美咲の旅館は〝部屋から海が見える〟ことだけが取り柄で、他のサービスは全ていまひとつ。お客の入りも悪く、ともに宿を切り盛りする父も兄も、全く頼りにならなかった。名女将だった母のおかげで経営が成り立っていたことを改めて思い知り、一人頭を抱える美咲。あるとき、不思議な二人組の男性客が泊まりに来る。さらに、その二人が「海近旅館」を買収するための下見に来ているのではないかと噂が広がり……。

小学館文庫
好評既刊

京都スタアホテル

柏井 壽

ISBN978-4-09-406855-9

創業・明治三十年。老舗ホテル「京都スタアホテル」の自慢は、フレンチから鮨まで、全部で十二もある多彩なレストランの数々。そんなホテルでレストランバーの支配人を務める北大路直哉は、頼れるチーフマネージャーの白川雪と、店を切り盛りする一流シェフや板前たちとともに、今宵も様々な迷いを抱えるお客様たちを出迎える——。仕事に暮らしと、すれ違う夫婦が割烹で頼んだ「和の牛カツレツ」。結婚披露宴前夜、二人で過ごす母と娘が亡き父に贈る思い出の「エビドリア」……おいしい「食」で、心が再び輝き出す。

小学館文庫
好評既刊

テッパン

上田健次

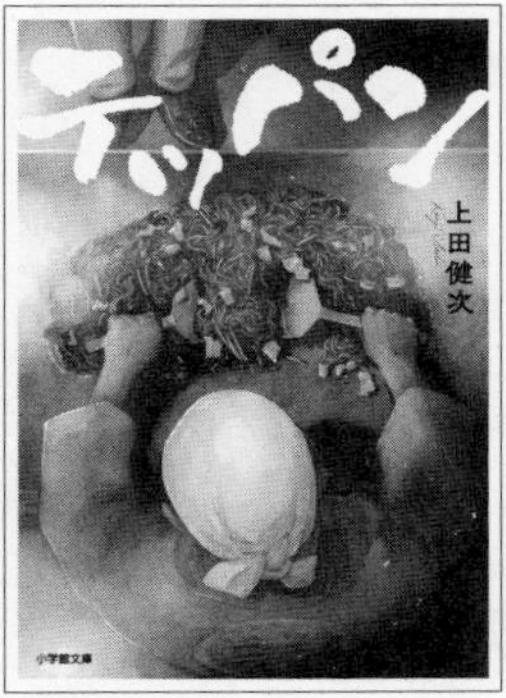

ISBN978-4-09-406890-0

中学卒業から長く日本を離れていた吉田は、旧友に誘われ中学の同窓会に赴いた。同窓会のメインイベントは三十年以上もほっぽられたタイムカプセルを開けること。同級生のタイムカプセルからは『なめ猫』の缶ペンケースなど、懐かしいグッズの数々が出てくる中、吉田のタイムカプセルから出てきたのはビニ本に警棒、そして小さく折りたたまれた、おみくじだった。それらは吉田が中学三年の夏に出会った、中学生ながら屋台を営む町一番の不良、東屋との思い出の品で——。昭和から令和へ。時を越えた想いに涙が止まらない、僕と不良の切なすぎるひと夏の物語。

まぎわのごはん

藤ノ木優

ISBN978-4-09-407031-6

修業先の和食店を追い出された赤坂翔太は、あてもなく町をさまよい「まぎわ」という名の料理店にたどり着く。店の主人が作る出汁の味に感動した翔太は、店で働かせてほしいと頼み込む。念願かない働きはじめた翔太だが、なぜか店にやってくるのは糖尿病や腎炎など、様々な病気を抱える人ばかり。「まぎわ」はどんな病気にも対応する食事を作る、患者専門の特別な食事処だったのだ。店の正体に戸惑いを隠せない翔太。そんな中、翔太は末期がんを患う如月咲良のための料理を作ってほしいと依頼され——。若き料理人の葛藤と成長を現役医師が描く、圧巻の感動作！

小学館文庫
好評既刊

泣き終わったら ごはんにしよう

武内昌美

ISBN978-4-09-406777-4

中原《なかはら》温《はる》人《と》は社会人四年目の少女マンガ編集者。いちばんの楽しみは、恋人のたんぽぽさんに美味しいごはんを作ってあげることだ。優しさと思いやりがたっぷり詰まった料理は、食べた人の心のほころびを癒していく。スランプに陥ったマンガ家に温人が振る舞ったのは、秘密の調味料を忍ばせた特製きのこパスタ。その味と香りに閉じていた思い出の箱が開いて……。仕事のトラブルに涙する姉には甘く蕩ける肉じゃがを、イケメンのくせに恋愛ベタな友人には複雑な食感の山形のだしを。読めば大切な人とごはんが食べたくなる。心の空腹も満たす八皿、どうぞ召し上がれ。

―――本書のプロフィール―――

本書は、小学館文庫のためのオリジナル作品です。

小学館文庫

鴨川食堂《かもがわしょくどう》ひっこし

著者　柏井《かしわい》　壽《ひさし》

二〇二三年三月十二日　初版第一刷発行

発行人　石川和男
発行所　株式会社　小学館
〒一〇一-八〇〇一
東京都千代田区一ツ橋二-三-一
電話　編集〇三-三二三〇-五一二七
　　　販売〇三-五二八一-三五五五
印刷所——図書印刷株式会社

この文庫の詳しい内容はインターネットで24時間ご覧になれます。
小学館公式ホームページ　https://www.shogakukan.co.jp

ISBN978-4-09-407241-9